LA-GUEULE-DU-LOUP

Éric Pessan

LA-GUEULE-DU-LOUP

M+
l'école des loisirs
11, rue de Sèvres, Paris 6e

Couverture : Sereg
Loi n° 49.956 du 16 juillet 1949 sur les publications destinées à la jeunesse : septembre 2021
Dépôt légal : septembre 2021

ISBN 978-2-211-31240-0

Dans un monde qui est bien le nôtre, celui que nous connaissons, sans diables, sylphides, ni vampires, se produit un événement qui ne peut s'expliquer par les lois de ce même monde familier. Celui qui perçoit l'événement doit opter pour l'une des deux solutions possibles : ou bien il s'agit d'une illusion des sens, d'un produit de l'imagination et les lois du monde restent alors ce qu'elles sont ; ou bien l'événement a véritablement eu lieu, il est partie intégrante de la réalité, mais alors cette réalité est régie par des lois inconnues de nous.

Tzvetan Todorov, *Introduction à la littérature fantastique*

L'enfant comprend intuitivement que tout en étant irréelles ces histoires sont vraies ; que tous ces événements n'existent pas dans la réalité mais qu'ils existent bel et bien en tant qu'expérience intérieure et en tant que développement personnel.

Bruno Bettelheim, *Psychanalyse des contes de fées*

Promenons-nous dans les bois, pendant que le loup n'y est pas, si le loup y était, il nous mangerait.

Cette chanson-là, est-ce que je l'ai chantée quand j'étais petite fille ? Je n'en ai pas de souvenir, et pourtant je la connais par cœur. J'ai dû l'entendre à l'école, peut-être l'apprendre par cœur. Je ne sais plus. Je ne sais pas si je l'ai fredonnée à la maison, si autour de moi – en secret – des poings se sont serrés, des mâchoires crispées, j'ai oublié.

Loup y es-tu ?

Que fais-tu ?

Entends-tu ?

Dans les comptines, les albums, les premières lectures, les livres de l'école ou les dessins animés, les loups étaient partout : méchants, tristes, dépenaillés ou terrifiants, les loups mangent mère-grand et détruisent les maisons des trois petits cochons, ils guettent les enfants qui s'éloignent dans les bois ou désobéissent à leurs parents. Les histoires regorgent de loups, ils effraient les petits enfants, à moins qu'ils ne les fassent rire à leurs dépens. Je n'ai pas échappé à la règle, j'ai grandi entourée de loups, j'ai oublié s'ils me faisaient peur, sans doute un peu, sans doute pas vraiment parce que, même lorsque l'on est tout petit, on sait que les histoires sont des histoires. À l'époque, je ne savais pas que les loups existaient vraiment, sinon j'aurais été terrifiée.

Je mets ma veste.
Je mets mes bottes.
Je mets mon chapeau.
Je mets mes lunettes.
Je prends mon fusil.
J'arrive.

Le loup va venir. Le loup vient toujours. Le loup ouvre toutes les portes. Aucune barrière, aucune serrure, aucun mur ne retient le loup. Il vient quand il veut. En silence, puant, affamé, ses babines retroussées, ses crocs prêts à déchiqueter. Le loup s'avance, et rien, jamais, personne ne peut l'empêcher de passer.

La clé s'enfonce mal dans la serrure, il est possible que de la poussière se soit accumulée dans le cylindre, ou pire : qu'une bestiole s'y soit installée, pondant ses œufs à l'intérieur du mécanisme ; il est plus que probable aussi que la rouille ait attaqué le métal ; cela fait plus d'un an qu'elle n'a pas été ouverte, cette porte, la pluie, le gel et le soleil ont probablement grippé le mécanisme. Je demande à maman si elle veut que j'essaie, elle fait claquer sa langue en réponse et je comprends qu'il vaut mieux ne pas insister. J'ai une pensée en tête, et cette pensée je la garde pour moi, inutile d'aggraver son énervement : si la clé casse maintenant nous n'aurons nulle part où aller. J'attends, les bras encombrés des sacs de provisions, en silence. Nono est parti courir, il profite de ses sept ans pour ne pas porter les bagages, pour ne pas aider, pour faire le débile aussi souvent que possible. Il faut dire que la route a été difficile : beaucoup de voitures, des embouteillages, la queue interminable à la station-service, les gens remplissaient des bouteilles vide d'essence par peur de manquer. Une ambiance de fin du monde : sans parler de l'humeur de notre mère dont je comprends parfaitement le chagrin. Cinq heures de route sans mettre la radio pour ne pas écouter les flashs d'infos catastrophiques et en évitant tout sujet de conversation pouvant raviver le chagrin, c'est long.

Maman donne un coup de pied dans la lourde porte en bois, elle renonce à triturer la serrure. Un instant, elle demeure parfaitement immobile, j'écoute son souffle, elle respire lentement, c'est son truc à elle quand elle est trop énervée, un truc de yoga : inspirer, expirer et se calmer avant de reprendre ce qu'elle est en train de faire. Alentour, les oiseaux chantent à cœur joie, pas un souffle de vent n'agite les branches du grand chêne situé en face de la maison, de très rares nuages voilent le bleu du ciel, je n'entends aucun autre bruit : pas un moteur, pas un ronron, nulle trace d'activités humaines, pas même les cris de Nono parti trop loin. Je prie mentalement pour qu'il ne soit pas en train de faire une bêtise. Lentement, maman réessaie de faire tourner la clé dans la serrure. À ses pieds, entre les marches du perron, de l'herbe vert émeraude pousse dans la moindre fissure, obstination de la vie à partout se répandre. L'herbe profite du moindre interstice pour croître. Il lui suffit de quelques millimètres d'espace, de soleil, d'eau et elle s'en fout, l'herbe, d'être engoncée, confinée, serrée, elle vit sa vie d'herbe, elle ne s'inquiète pas pour sa famille, pour ses amis, pour le monde entier, elle ne sait rien, elle est juste un brin de vie qui ne réfléchit à rien. J'ai regardé un reportage sur le cosmos : plus la science progresse, plus il semble que les chances de trouver de la vie sur d'autres planètes s'amenuisent ; la vie est la chose sans doute la plus rare de l'Univers ; ce brin d'herbe idiot qui n'a aucune pensée est pourtant un miracle.

Un petit clic se produit, ma mère lâche un soupir de soulagement. La poignée tourne. Lentement, maman pousse la porte qui résiste et frotte au sol, le bruit ressemble à un grognement sourd, l'avertissement d'un animal sauvage au moment où il se ramasse sur lui pour bondir. J'ai trop d'imagination, on me le répète souvent. D'un coup la porte cède et va se fracasser contre le mur, maman étouffe un *Merde !* entre ses dents, une chose tombe et se brise dans l'entrée. Mais, peu importe, nous sommes arrivés, nous allons pouvoir vider la voiture, ouvrir toutes les fenêtres pour aérer, chercher le compteur d'eau, celui de l'électricité, vérifier s'il reste du gaz dans la bouteille, procéder avec méthode – nous avons listé chaque étape dans la voiture pour passer le temps. Et ensuite nous pourrons nous installer pour une période indéfinie.

Une seconde, maman hésite avant d'entrer, la porte ouvre sur un pan de noirceur absolue. Il a beau faire un temps magnifique, je sens la chair de poule piquer mes avant-bras, une forte odeur de moisi s'échappe de l'entrée, un souffle glacial frappe ma peau. Lentement, maman s'avance, je respire un bon coup et je fais un pas. Du verre crisse sous les pieds de maman, l'obscurité est si épaisse que j'ai peur de la heurter, je refais un pas pourtant, droit vers une chose silencieuse et poussiéreuse, une chose lourde, imprécise, poisseuse et chancie, qui épaissit le souffle, comprime les poumons, ralentit les mouvements, nidifie sous le plexus et appuie, appuie, appuie si fort que je me surprends à suffoquer. Maman est à deux mètres de moi, adossée contre le mur du couloir. Je reprends ma respiration. Dans mon dos : la lumière du jardin, immense, éclatante, solaire. En face de moi : l'opacité du hall d'entrée, si dense que mes yeux ne parviennent toujours pas à la transpercer. J'ai froid, je m'immobilise, littéralement stoppée par peur de heurter la noirceur tendue devant moi, comme si un obstacle invisible était dressé, là, en embuscade, prêt à me casser le nez ou à me faire trébucher. Le vide du grand hall s'emplit de menaces confuses. Un instant, un très court instant, les ombres semblent bouger. Il s'est écoulé plus d'une année sans que les volets n'aient été ouverts, sans que l'air n'ait été renouvelé. Un peu plus d'un an, en vérité, sans que la maison n'ait été dérangée par une visite. L'obscurité puante et froide du couloir me fait penser à de la graisse figée dans le fond d'une poêle, ou plutôt de la suie noire accumulée dans le conduit d'une cheminée.

Maman se décolle du mur, je lui demande si tout va bien, elle répond un petit *oui* du bout des lèvres. Je reconnais à peine sa voix, puis elle se reprend, je devine qu'elle se tourne vers moi, elle articule un nouveau *oui*, plus fort, plus vif, de sa voix habituelle. *Ça pue*, elle ajoute, *la maison sent le renfermé*. Et, à tâtons, elle disparaît vers le bout du couloir. J'ai les mains encombrées par les sacs de courses, je ne peux pas utiliser la lampe de mon téléphone, je la suis avec prudence, et la chose en verre qui a chuté lorsque la porte a claqué crisse maintenant sous mes pieds, je distingue le dos de maman, elle pousse une autre porte, une pénombre cendreuse coule vers moi, les volets ferment mal, le soleil en traverse les lames disjointes, c'est la cuisine. Je dépose mes sacs sur une table recouverte d'une toile cirée collante au toucher. Nous y sommes. Le visage de maman est un mur. Nous n'avons pas beaucoup de certitude en dehors de celle-ci : nous sommes arrivés. Nous ne savons pas combien de temps nous serons coincés ici, nous ne savons pas quand nous pourrons revoir papa, nous ne savons pas à quoi ressembleront les prochaines semaines. Mais, au moins, nous aurons un toit au-dessus de notre tête. Pour nous protéger, je pense, je ne sais pas encore combien je me trompe.

Jo, me demande maman, *va chercher ton frère, je n'aime pas le savoir seul, il y a de vieux trucs dangereux dans le jardin, dis-lui de venir nous aider à décharger la voiture.*

Je ne me fais pas prier pour quitter cette pénombre croupie et glaciale, je retourne dans le couloir ; au moment de sortir, je ramasse ce qui est tombé quand nous sommes entrés, un cadre contenant une photo où deux visages me regardent avec sévérité. Le verre a explosé au sol. En prenant garde à ne pas me couper, je sors avec le cadre au grand jour. Je n'ai jamais vu le couple qui pose sur cette photo, ils n'ont pas fait semblant de sourire lorsque le cliché a été pris. La femme ressemble vraiment à maman, elle a la même forme de visage, les mêmes cheveux frisottants ; aucun doute à avoir sur l'identité de ces gens, ce sont les grands-parents que je n'ai jamais connus. Je n'ai pas le temps de les examiner, il faut que je retrouve mon crétin de frère. La première chose que nous aurons faite en entrant dans la maison, ç'aura été de leur démolir le portrait, je pense, et je ne peux m'empêcher de sourire à cette idée. Je pose la photo sur le perron, à côté des fissures où pousse l'herbe folle. Je dois trouver Nono avant que maman ne s'inquiète. Tant qu'à faire, j'installe mes grands-parents la tête en bas, ils auront une raison supplémentaire de tirer la gueule qu'ils tirent. Trop heureuse, je m'éloigne de la maison pour explorer son immense jardin sauvage.

Une fois la voiture déchargée, je n'ai plus vraiment eu le temps de me poser de questions ou de flairer l'ambiance de la maison, il a fallu ouvrir tous les volets au rez-de-chaussée comme à l'étage, sortir les draps humides et puants des armoires pour les étendre sur le fil dehors au soleil afin d'en chasser les odeurs de moisi, brancher le frigo, longtemps faire couler l'eau des robinets pour qu'elle cesse d'être brunâtre et devienne enfin transparente, ranger nos affaires dans les armoires et les commodes, vérifier l'état des provisions dans les placards : essentiellement des conserves de légumes, mais aussi – très bonne surprise – des pâtes, de la semoule, du riz et de la farine gardés à l'abri dans une grande boîte en plastique étanche, de l'huile, du vinaigre, un pot où le sel s'est transformé en un bloc aussi dur que de la pierre, quelques aromates et du papier toilette pour un mois, ce qui nous a beaucoup fait rire parce que, aux informations, les journalistes rabâchent qu'en ces premiers jours de crise les gens se sont rués dans les magasins pour faire des stocks et qu'ils ont dévalisé le rayonnage du papier hygiénique. Il a fallu balayer le rez-de-chaussée et passer l'aspirateur à l'étage pour enlever plus de deux ans de poussière accumulée.

Les parents de ma mère sont morts il y a trente mois. Elle est venue ici faire du tri avec papa il y a quinze mois.

La maison est grande, bien plus que notre appartement en banlieue de Nantes : un hall, la cuisine au fond, un salon à droite, deux pièces à gauche converties en rangements et bureaux, le vieil escalier aux marches sonores, quatre chambres à l'étage. Maman a pris la plus grande, celle qui s'ouvre à droite de l'escalier ; je lui ai demandé laquelle était la sienne lorsqu'elle était enfant, elle me l'a montrée tout au bout du couloir, mais elle a refusé que l'on s'y installe. J'ai pris la première chambre à gauche, plus lumineuse semble-t-il, juste en face de celle de ma mère, et Nono a hérité de la pièce mitoyenne. Une porte communique entre nos deux chambres, ce qui est loin de m'enthousiasmer. Une fois le ménage fini, on a rentré les draps – malgré les deux heures qu'ils avaient passées en plein air, leur odeur piquait encore – et on a fait les lits. Maman m'a juré que, dès que l'on aura pris nos repères, on les lavera à la machine pour ne pas dormir dans l'odeur de moisissure. La nuit est tombée tellement vite, j'étais vidée, nous avions roulé en ne nous arrêtant qu'une fois pour faire de l'essence et manger des sandwichs sous vide achetés à la station-service. Nous avions accompli tellement de gestes, nous avions tellement de choses à préparer qu'au final je n'ai pas trop eu le temps de penser à ce qui se passait. Et c'est sans doute une bonne chose. On savait que l'on ne pouvait pas parler à papa hier soir, il travaillait toute la nuit. Ce n'est que lorsque j'ai voulu lui envoyer un SMS, après avoir fait la vaisselle – j'ai insisté pour prendre le premier tour, maman était vraiment épuisée, jusqu'à en perdre son sens de l'humour et son sourire durant le repas –, que j'ai réalisé qu'il n'y avait aucun réseau. Déjà, je savais qu'il n'y aurait pas Internet, mais sans données mobiles ni réseau téléphonique la vie allait devenir compliquée. J'ai eu un instant de vertige en pensant aux cours que Nono et moi sommes supposés suivre à distance. Si des profs proposent des visioconférences, il me sera impossible de me connecter. L'espace d'une minute, peut-être, j'ai paniqué, totalement paniqué. J'ai pensé aux cours, j'ai pensé à mon année scolaire, ce n'est pas que j'aime particulièrement le lycée, c'est que je ne veux pas redoubler mon année, je suis plutôt bonne élève, ce serait idiot que je sois sanctionnée par manque de réseau. J'ai senti la panique monter. C'est dingue, tout de même, comment nous réagissons : pays après pays, le monde s'effondre lentement, je suis peut-être porteuse d'une maladie mortelle, mes parents sont obligés de se séparer provisoirement à cause de l'épidémie, je ne vais voir aucun de mes amis durant je ne sais combien de temps, je vais être coincée dans un trou paumé avec ma mère et mon frère, et j'ai paniqué à l'idée de ne pas pouvoir faire mes devoirs. Je crois aussi qu'à cet instant j'en ai voulu à maman de nous obliger à venir vivre ici. Une bouffée de colère, rouge et vive, était coincée dans ma gorge, et je ne savais qu'en faire.

Pour me calmer, je suis sortie dans le jardin ; l'ombre du chêne masquait le ciel, j'ai fait quelques pas, et j'ai trouvé un filet de réseau, suffisamment pour envoyer le message à papa et recevoir des nouvelles.

Fatou et Célia ont passé la journée ensemble, elles m'ont envoyé un million de photos que j'ai mis un siècle à télécharger. Lucie a posté un petit message pour me souhaiter bon courage loin de la civilisation. Hier soir, je l'avoue, ce genre d'humour ne passait pas, il contribuait juste à durcir la boule dans ma gorge. Bon nombre de mes amis ou des élèves de ma classe étaient déjà claquemurés chez eux, quelques-uns avaient quitté la ville comme nous. J'étais trop épuisée pour répondre à toutes les discussions, j'ai éteint le téléphone et j'ai enfin vu les étoiles : un ciel gigantesque, infini. Le plus beau ciel que j'avais jamais observé de ma vie, j'ai regretté de ne pas savoir repérer les constellations et les planètes. Autrefois, avant que l'immeuble où j'habitais ne soit démoli, l'un de mes voisins était passionné d'astronomie, j'ai oublié son prénom. Je me suis promis de me renseigner sur les étoiles visibles au mois de mars. J'ai longtemps gardé le nez en l'air, à fixer les scintillements, je crois que j'espérais voir une étoile filante. J'ai vu passer des points lumineux, sans doute des satellites. On dit que l'on peut aussi voir la Station spatiale internationale depuis le sol. Je me suis demandé comment ils réagissaient, les astronautes, là-haut. Ils sont peut-être plus en sécurité que nous dans leur carlingue de métal lancée à toute vitesse autour de la Terre. En ville, les éclairages publics et les lumières des activités humaines empêchent de vraiment voir les étoiles. J'ai fait un tour complet sur moi-même : pas une seule lueur nulle part. Le jardin, la masse obscure d'une forêt, la route, rien d'autre. Aucune bâtisse en vue, pas le moindre phare de voiture, rien. Bienvenue au milieu de nulle part, j'ai pensé. Juste des millions de millions de soleils lointains dont les rayons ont voyagé des millions et des millions d'années pour que je trouve la nuit si jolie.

Cette immensité m'a renvoyée à ma propre fragilité, une ado de tout juste seize ans coincée pour des semaines et des semaines dans un trou tandis qu'un peu partout dans le monde les gens commençaient à mourir.

Nono a déboulé, il voulait faire un jeu, j'ai refusé, il était tard, il s'est mis à bouder et j'ai compris qu'il était grand temps d'aller se coucher. Parfois, Nono est comme un petit animal, une créature vive et nerveuse qui ne réalise jamais qu'elle est épuisée. Je lui ai promis de lui lire une histoire, on allait laisser maman tranquille, alors j'ai baissé les yeux et je suis remontée vers la maison. Là, au moment où j'ai vu le bloc massif de sa façade, le malaise du début d'après-midi m'a retraversé l'esprit. La lumière de l'entrée était allumée, celle de la chambre de maman et celle de ma chambre également. Une bouche, deux yeux, un visage grave, presque menaçant. Mes propres peurs me font sourire, j'ai toujours aimé donner des visages aux choses. Un jour, j'ai découvert qu'il existait un mot pour qualifier cette tendance à humaniser ce qui nous entourne : la paréidolie. Qu'un mot existe m'a rassurée. S'il a fallu l'inventer, c'est que je ne suis pas la seule à me faire des films. Il n'empêche : j'ai beau savoir que c'est mon imagination qui dote la maison d'un visage, il m'a fallu du courage pour l'affronter et me faire avaler de mon plein gré par la bouche béante.

J'ai fait une photo de la façade de la maison dans le noir, je l'ai postée à Fatou. Une éternité plus tard, elle m'a répondu *Bon séjour à Crimson Peak*. J'ai coupé mon téléphone.

Maman nous a peu parlé de cette maison, elle a rarement évoqué son enfance, sa jeunesse, j'ai toujours l'impression qu'elle ne s'est mise à exister qu'une fois adulte. Dans la voiture, elle n'a pas beaucoup ouvert la bouche, elle n'aime pas conduire sur de longues distances. L'été, quand on part en vacances, c'est souvent papa qui prend le volant.

En arrivant, lorsque nous avons quitté la départementale pour ce qui ressemblait plus à un chemin goudronné qu'à une vraie route, j'ai vu le nom du lieu-dit écrit sur un panneau rouillé à demi-caché par les herbes du bas-côté : La-Gueule-du-Loup.

Nous y étions.

Hier, je suis montée dans ce qui sera dorénavant ma chambre, je me suis jetée sur le lit, les ressorts du vieux matelas ont grincé en me rentrant dans le dos. Comme il était impossible de joindre qui que ce soit, j'ai ouvert un traitement de texte sur mon ordinateur et noté mes pensées. J'ignore pour combien de temps ce décor sera le mien: papier peint surchargé de motifs géométriques aux couleurs psychédéliques passées, édredon en plume, matelas et sommier déglingués, bois de lit sombre et patiné, de la même couleur que l'armoire ouvragée. Abat jour à pompons dont il faudra que je chasse la poussière, coiffeuse en marbre en guise de bureau. Au sol, un parquet épais et usé ne me permet pas de marcher pieds nus; maman m'a mise en garde contre les échardes. J'ai une poire suspendue au mur à la tête de mon lit pour allumer et éteindre la lumière, les fils électriques sont gainés d'une sorte de tissu. Être dans cette chambre, c'est bien plus qu'un déplacement géographique. Sans mon ordinateur qui ronronnait sur mes genoux, j'aurais pu me croire au XIXe siècle ou avant la Première Guerre mondiale; c'est comme si on m'avait fourrée de force dans une machine à voyager dans le temps. Longtemps, j'ai écrit, cherchant mes mots, j'avais beau être épuisée par les diverses tensions de la journée, j'étais incapable de dormir. J'entendais maman qui couchait Nono, la maison amplifie les bruits, tout ici craque et grince. Si j'en avais eu le courage, j'aurais remplacé maman, Nono était hyper énervé, cet enfant déborde d'électricité contenue. Maman a fini par hausser la voix, la porte de la chambre s'est refermée. J'entendais Nono se tourner et se retourner dans son lit comme un animal prisonnier. Il parlait à voix basse, se racontait sans doute une histoire. Je n'avais pas mis mon casque, impossible ici d'écouter de la musique en ligne. J'ai fini par oublier ce qui se passait autour de moi, absorbée par l'écriture ; à un moment, j'ai réalisé que la maison était totalement silencieuse, mon frère s'était endormi. Je me suis replongée dans mon texte et, soudain, j'ai remarqué les bruits. Cela a commencé un petit peu après minuit, le parquet du plafond grinçait, doucement tout d'abord, puis plus fort. J'ai pensé à des souris, des bestioles nocturnes se pourchassant là-haut. Quand on a fait le tour de la maison, j'ai vu qu'il y avait un grenier, mais je n'ai pas eu le courage d'y monter, il faut prendre un escalier très raide aux marches étroites, presque une échelle, ouvrir une trappe - je me suis promis d'aller y jeter un œil plus tard. Là-haut, les bruits augmentaient, leur cadence devenait étrange. Je ne suis pas mythomane, mais on aurait dit que quelqu'un marchait avec précaution, quelqu'un qui voudrait essayer d'être discret. J'écoutais, pas de doute, c'étaient bien des pas. Quelque chose s'est glacé en moi, je me suis redressée lentement. Était-il possible que quelqu'un se balade dans le grenier ? Je tendais l'oreille, les pas s'arrêtaient, des choses glissaient, tout doucement, je n'entendais presque rien, puis les bruits se sont faits plus réguliers. Et soudain : plus rien. J'écoutais, tendue ; je pris conscience du bourdonnement causé par le silence, cela faisait comme une petite vibration dans mon crâne. J'ai hésité un moment à aller voir sur le palier si ma mère était réveillée, il était une heure du matin, la porte de ma chambre grince lourdement, je n'entendais plus rien, j'ai renoncé, me suis rallongée, aux aguets. Il me semblait entendre des bestioles courir : de minuscules coups de griffes sur le bois. Si des animaux se réfugient dans les maisons abandonnées, surtout en pleine campagne, quelle bête serait assez grosse pour imiter le son d'un pas un peu traînant ? J'ai attendu, j'ai refermé le capot de l'ordinateur, éteins la lumière. L'inquiétude ne me lâchait pas. Je peux fermer mes yeux mais pas mes oreilles. J'écoutais ; rien, le silence, puis un pas traînant, un cliquetis, dans ma chambre cette fois, une brusque décharge d'adrénaline m'a électrisé tout le corps, j'ai entendu nettement tourner ce que je savais être une poignée de porte. J'ai vu dans mon esprit la poire suspendue au-dessus du lit, il fallait que je sorte une main hors des couvertures pour l'attraper et allumer la lumière : tendre une main, l'offrir à ce qui était tapi dans le noir. Une porte a grincé, quelque chose est entré dans ma chambre, je n'en pouvais plus, j'ai allumé en me retenant de crier. Nono se tenait dans l'encadrement de la porte qui communique entre nos deux chambres, ses yeux plissés par la lumière, il avait l'air encore plus effrayé que moi. À voix basse, je lui ai demandé ce qu'il faisait. *Je n'arrive pas à dormir*, il m'a répondu, *à cause des bruits au plafond*. D'un coup, ma tension s'est relâchée, mon cœur cognait fort encore, mais je n'avais rien inventé, les bruits étaient réels. Nono restait immobile, les paupières gonflées et le regard pathétique. *Viens*, j'ai dit en soulevant les couvertures. Il a refermé la porte dans son dos, s'est glissé dans le lit à côté de moi. Je l'ai prévenu que s'il bougeait, s'il faisait des bonds, je le livrais au monstre qui habite dans la maison. Je ne sais pas pourquoi j'ai dit ça, il m'a demandé s'il y avait vraiment un monstre ici. J'en ai rajouté pour dédramatiser : *Oui, un fantôme terrible, une créature des enfers, mais elle ne s'en prend qu'aux petits garçons.* Nono m'écoutait ; il a gardé le silence un moment et m'a demandé pourquoi le monstre n'attaquait pas les filles. *Parce qu'il sait très bien qu'elles sont plus fortes que lui.* Nono s'est tourné une fois, puis retourné, le vieux matelas amplifiait le moindre mouvement, le lit entier semblait chalouper comme un bateau, puis – très vite – son souffle est devenu régulier et lent, il dormait. J'ai tendu à nouveau l'oreille, il est possible que j'aie entendu des griffes riper sur le parquet, je craignais de ne jamais parvenir à m'endormir, j'ai fermé les yeux et quand je les ai rouverts, il était plus de dix heures du matin, Nono dort la bouche ouverte. Un souvenir imprécis flotte à la lisière de ma conscience, j'ai fait un rêve, un rêve très désagréable lié certainement aux bruits entendus durant la nuit, je cherche à le retrouver mais il a explosé comme une bulle de savon. Les rayons du soleil transpercent les bordures des volets et découpent des rectangles de lumière sur le mur à ma gauche. Maman doit être debout depuis des heures. Sans faire de bruit, je me lève, Nono grommelle, se roule en boule. Je m'habille au plus vite. En s'évanouissant, le rêve a laissé une impression étrange. Je ne sais trop comment la décrire, ou plutôt si, un seul adjectif me vient à l'esprit mais je ne pense pas qu'il puisse convenir à expliquer un rêve ou un cauchemar : poisseux. Je me sens poissée par les images qui ont pollué mon sommeil.

J'aimerais tellement que cela soit une simple métaphore ou une licence poétique, un truc pour faire joli au milieu d'un texte. Je me secoue, le malaise s'agrippe à moi comme si j'allais retrouver d'une seconde à l'autre les frayeurs de mon cauchemar.

Sur la pointe des pieds, je quitte la chambre, la porte proteste mais je parviens à l'ouvrir sans réveiller mon frère. Le palier est éclaboussé de lumière, la chambre de maman est ouverte ; je passe la tête, elle ne s'y trouve pas, elle a ouvert les volets en grand, l'air frais du dehors me saute au visage, le soleil est déjà haut. Si loin que je puisse voir, il n'y a que des bois, des champs, des routes, pas une autre maison, pas une grange, pas une ville. L'air du matin lave les odeurs de renfermé, je descends dans la cuisine avec l'envie d'oublier la nuit.

Dans la cuisine, maman s'est déjà transformée en tourbillon, je vois que les meubles ont été nettoyés, une nappe en tissu remplace la toile cirée gluante sur laquelle nous avions dîné hier. Elle finit de lister les courses. Il y a un marché le dimanche matin, dans le village proche. Elle va s'y rendre. Elle a peur que, dans les prochaines semaines, il soit difficile de faire des provisions, nous avons besoin de produits frais : légumes, fromages... Des interdictions de déplacement et de regroupement sont à prévoir ; on a vu, hier, comment les gens avaient dévalisé les stations-service, elle préfère anticiper. Je réchauffe du lait en l'écoutant – pas de four micro-ondes, ici, une casserole sur la gazinière. *Avec ce que l'on a trouvé dans la maison et ce que l'on a emporté depuis Nantes, nous ne risquons pas de mourir de faim*, je dis. Maman a un petit claquement de langue agacé. Aussitôt, je fais machine arrière, elle a raison, il vaut sans doute mieux prévoir. Je lui propose mon aide. Elle m'écoute à peine, penchée sur la liste ; son visage est tendu, je vois les cernes sous ses yeux, un mélange de fatigue et de mauvaise nuit. Ses gestes quand elle se relève sont brusques, je ne l'ai jamais vue ainsi. Maman, au quotidien, est joyeuse et posée. *Non, toi, tu ne bouges pas tant que ton frère dort*, elle ordonne. D'un grand coup, elle repousse la chaise qui heurte le pied de la table, elle s'énerve, laisse la chaise en travers du passage. Je ne sais pas trop quoi faire, et je n'ai pas le temps de réagir qu'elle est déjà dans l'entrée, elle fera aussi vite que possible. Je dois lui courir après pour lui demander si elle a des nouvelles de papa. *Oui, il a bossé toute la nuit, il est rentré chez nous, il dort.* La portière claque, la voiture part en marche arrière dans l'allée, les pneus crissant sur les graviers, me laissant stupide, la bouche pleine de paroles de réconfort et les mains encombrées de gestes non accomplis. Je me sens idiote avec mes pudeurs, évidemment qu'à seize ans je ne fais plus de câlin à ma mère, mais cela ne devrait pas m'empêcher de tendre une main vers elle quand elle va mal.

Forcément, dans la cuisine, le lait a débordé de la casserole dont le cul est noirci par les flammes. En cherchant le produit nettoyant pour que la gazinière soit nickel au retour de maman, je pense que tout ici résiste et refuse notre présence. Une pensée idiote, les choses n'ont pas de volonté, pas de résistance, elles ne sont ni amicales ni hostiles, elles n'ont pas d'intention, d'arrière-pensées, elles ne tendent pas des pièges. Si la tartine retombe côté beurre, ce n'est pas un complot, c'est la faute à pas de chance, comme dit papa. J'en suis là de mes macérations, une éponge à la main, quand un bruit me fait sursauter. Nono est juste dans mon dos, un grand sourire sur son visage de crétin, content de m'avoir effrayée. Pour la forme, je l'engueule et lui explique que c'est hors de question qu'il redorme dans mon lit. S'il aime tellement effrayer les gens, il n'aura qu'à jouer avec le fantôme ce soir. Je fais semblant d'être vexée, mais je suis contente qu'il soit là. Je nous prépare deux chocolats au lait, en surveillant la casserole ; on sort prendre le petit déjeuner sur la table en plastique sous le chêne. Hier, j'ai aidé ma mère à installer un salon de jardin, à l'abri du grand arbre. Nous avons trouvé une vieille table blanche dans une remise attenante à la maison. Il y avait aussi six chaises, nous n'en n'avons nettoyé que trois, nous n'aurons pas de visite. Je questionne mon frère sur ce qu'il a entendu cette nuit, mais il reste flou, des bruits. Je n'en rajoute pas pour éviter de l'alarmer. Je l'engueule à nouveau quand il part sans rien débarrasser. Des fois, il se comporte vraiment comme un garçon, je ne sais pas d'où il tient ça ; à la maison – en temps normal, je veux dire – papa et maman se partagent les tâches ménagères, mais lui, il considère toujours que c'est aux filles de nettoyer ou de ranger. L'âge n'est pas une excuse pour jouer au macho. Je le laisse faire la vaisselle pendant que j'écoute les oiseaux siffler leur joie dans les branches, ça lui apprendra à vivre. Dans la douceur solaire de cette matinée de printemps, il est difficile de repenser à mes angoisses nocturnes, tout comme il est difficile d'imaginer qu'un peu partout dans le monde des gens souffrent ou meurent à cause d'une maladie inconnue. Quand il ressort, trempé jusqu'aux pieds, la vaisselle mal rincée empilée sur le bord de l'évier, je lui propose de jouer. Et, fatalement, il part en courant chercher un jeu de Uno, je ne comprends pas comment il fait pour ne pas se lasser après au moins un million de parties. Je déteste ce jeu et, pour me venger, je lui file une raclée mémorable, en espérant lui faire passer l'envie d'y revenir, ce qui est une erreur monumentale de calcul, je le sais, puisqu'il voudra se venger à son tour et qu'il faudra vite lui accorder une revanche.

Je relis ce matin les lignes écrites hier soir, je corrige quelques expressions, quelques phrases un peu maladroites, je supprime des répétitions. En me relisant, j'entends la voix de Mme Kaplan, ma professeure de français. *Le passé est le temps du récit*, mais je ne peux plus raconter au passé, la vie se déroule au présent et je veux profiter de ma présence dans cette maison avec maman et Nono pour écrire au fur à mesure. Tout est tellement confus, j'ai besoin de mettre mes idées, mes sensations comme mes pensées, au clair ; et je crois bien qu'écrire reste la meilleure façon de le faire. Une fois sur le papier, les choses ont l'air plus facilement compréhensibles. Les romans ne servent peut-être qu'à faire semblant d'ordonner des histoires qui paraissent confuses, embrouillées, sans queue ni tête.

Le loup viendra. Il vient toujours. Parfois, il oublie. Un jour, deux jours, trois jours, une semaine. Mais il revient. C'est le propre du loup : on a beau lui donner tout ce qu'il veut, il finit toujours par avoir faim à nouveau.

Alors, raconte, la maison hantée ?

Tu as trouvé un vampire à la cave ?

Ils sont sympas, les fantômes ?

Les SMS de Lucie, Fatou ou Célia sont tous du même style. J'envoie des emojis tête de mort + diable + fantôme, je n'ai pas trop envie de raconter ma nuit.

Le retour de maman se déroule dans la brusquerie, elle a encore sa tête des mauvais jours ; je lui propose mon aide pour ranger les provisions, mais elle se met en colère parce qu'il y a de l'eau au pied de l'évier, alors je la laisse. Quand elle est dans cet état, il vaut mieux que nous gardions nos distances, sinon nous allons nous accrocher et ce soir nous serons tristes l'une comme l'autre. Je remonte dans ma chambre, enfile un short et un débardeur. Sans être accro au jogging, j'ai besoin de chasser les impressions brumeuses de la nuit. J'ai aussi besoin d'un peu de solitude, baskets aux pieds, je m'éloigne de la maison au petit trot. Très vite, je prends de la vitesse et je cours. Dès mardi, si j'ai bien compris, il faudra se munir d'attestations pour sortir de chez soi, alors j'en profite, je file à petites foulées, le souffle régulier : une grande inspiration pour deux brèves expirations, bras collés au buste, je cours en prenant soin de ma cheville gauche, une mauvaise entorse mal soignée, je me méfie des saillies et autres ornières, ne pas glisser, garder la cheville tendue, faire attention surtout à ne pas poser le pied sur une pierre qui roulerait, qui vrillerait de nouveau l'articulation et tirerait sur les tendons. Je cours.

Je laisse le panneau rouillé La-Gueule-du-Loup dans mon dos, je découvre les paysages autour de la maison, c'est incroyable tout de même que je ne sois jamais venue jusqu'ici. L'existence de cette maison je la connaissais pourtant, j'en avais entendu parler. Le jardin ouvre sur une petite route étroite au bitume craquelé. De l'herbe folle pousse dans les fissures. Les bas-côtés n'ont pas été fauchés depuis longtemps. Je cours le long de cette route abandonnée, où deux voitures auraient du mal à se croiser si jamais il passait des voitures par ici. Hier soir, à table, maman parlait peu, elle m'a juste dit que la ferme la plus proche était à deux kilomètres. On ne rencontre que des tracteurs sur cette route. Un chemin de terre s'ouvre à droite, il descend vers une forêt, je tourne, je cours au ralenti pour ne pas m'essouffler. Je n'ai pas pris mon téléphone, je ne veux pas d'écouteurs dans les oreilles, je veux pouvoir entendre le bruit d'éventuelles voitures, celui des avions, celui des oiseaux, j'épie le cul blanc des lapins. J'entre dans le bois, le chemin de terre longe une rivière, j'aimerais tomber nez à museau avec un chevreuil ou une biche. Je me demande s'il y a des sangliers dans le coin, sans doute. Je cours, attentive à ce qui pourrait surgir, mon regard tente de percer la densité des taillis. Je cours et j'écoute le bruit de mes pas étouffés par le sol terreux.

Jamais nous ne sommes venus en vacances dans cette maison, jamais je n'ai rencontré mes grands-parents, les parents de maman, pas plus que je ne connais son frère. Le peu que je sais, je l'ai appris au détour de conversations ; cette histoire est un puzzle dont il m'a fallu récolter une à une les pièces. Je crois que maman n'a pas été heureuse enfant, je crois que ses parents la battaient ou un truc dans ce genre. Quand elle a eu dix-huit ans, elle est partie pour ne jamais revenir. Cette histoire est une zone blanche, une vaste énigme. Lorsque j'étais gamine, j'ai posé des questions, je m'étonnais de connaître les parents de papa mais pas ceux de maman. La conversation changeait alors de direction ou – si j'insistais – on m'expliquait juste que c'était compliqué, que maman ne s'entendait pas bien avec ses parents. Et c'est tout.

Je n'y connais rien en sangliers, ils sont furtifs, timides, ils doivent se méfier des hommes qui les chassent. Cela m'étonnerait que j'en croise un. Je cours, je respire lentement. L'air est vif ce matin, nous ne sommes que mi-mars ; il a beau faire soleil, l'hiver refuse de laisser la place au printemps, les chemins les plus creux sont spongieux et boueux, il a dû pleuvoir ces dernières semaines. Je saute par-dessus une flaque d'eau, prends garde à inverser la logique de mon pied d'appel pour retomber de préférence sur la cheville droite, et me demande ce qui peut pousser quelqu'un à décider de ne jamais revoir ses parents. Et inversement. Les parents de maman n'ont pas essayé de rester en contact avec elle. Il faut de la violence, de la douleur, de la colère et de la déception pour rompre de tels liens. Peut-être que ma mère finira par me raconter cette histoire, qui est étrangement une partie de la mienne ; c'est étourdissant d'y penser : des gens font des enfants qui font des enfants qui font des enfants qui font des enfants, et ainsi de suite jusqu'à ce que l'on existe. C'est stupéfiant et bizarre de ne pas savoir d'où l'on vient au-delà de ses propres parents.

Souple, je saute un fossé, le bois s'éclaircit, une route goudronnée se trouve devant moi, je la traverse, saute le fossé d'en face et m'engouffre le long d'un sentier très étroit, un passage à peine marqué, entre les arbres. La rivière a disparu, j'avance. La famille de maman est originaire de ce coin, je possède sans nul doute des ancêtres enterrés dans les cimetières des patelins alentour. Je me demande quel âge ont les arbres qui m'environnent, curieux mélange de chênes, de pins parfois, et de hêtres. Me revient une phrase que papa me répétait quand j'étais petite fille, un moyen mnémotechnique de différencier les hêtres des charmes, *le charme d'Adam c'est d'être à poil*, les feuilles des charmes sont dentelées, celle des hêtres sont bordées d'une sorte de duvet ressemblant à des poils.

Maintenant que mon corps s'est habitué à la course, j'accélère un peu, je suis étonnée de ne pas être essoufflée. Je ne pratique pas vraiment de sport, j'oublie les questions sur mes aïeux, me laissant aller à la joie de la course. Je joue, je n'arrive pas à ne pas jouer : je suis une Indienne. J'avance, furtive. Je suis invisible, je ne croiserai pas de vététistes en lycra fluo ni d'autres joggeurs, je suis absolument seule. Sur ma gauche, d'un coup les arbres s'espacent et un village m'apparaît : un maigre clocher entouré d'une poignée de maisons. Il est sans doute temps de faire demi-tour, ce serait idiot que je me perde, je ralentis un peu pour refaire le chemin dans l'autre sens. Toujours pas le moindre animal en vue ; des insectes vrombissent, j'ai des fils d'araignée accrochés à mes vêtements et à mes cheveux pourtant noués, j'ai dû déchirer des toiles sans m'en rendre compte. À petites foulées, je rentre. Une nouvelle fois, je suis frappée par l'absence de repères temporels. Comme dans la chambre. Rien autour de moi n'indique à quelle époque je me trouve. Je me demande si ces bois existaient déjà au Moyen Âge. Sans doute. Des milliers de gens sont passés par là, il y a eu des guerres, des soldats sont peut-être morts sur le sol que je foule en ce moment. Partout, sous les pieds, le sol est toujours un peu cimetière.

Souple, encore, je respire ; le soleil est de plus en plus chaud, les nuages demeurent rares. Combien de temps vais-je devoir rester coincée ici avec maman et Nono ? Aux informations, ils parlent de quinze jours. Papa m'a dit qu'il faut plutôt imaginer quatre ou six semaines. J'espère que maman va se détendre un peu, je n'aime pas quand elle papillonne dans tous les sens sans parvenir à s'asseoir, je n'aime pas quand elle se tait, ce sont des signes qui trahissent son inquiétude et sa tristesse. J'entends un coucou, je lui promets d'être le plus agréable possible avec ma mère, elle a besoin d'être soutenue, elle n'a pas besoin d'une ado de mauvaise humeur. Je ne sais même pas quand ses parents sont morts, j'ai oublié, le souvenir est imprécis. Et je ne sais pas pourquoi elle n'a pas vendu la maison puisqu'elle ne voulait pas y revenir.

Lorsque je retrouve la petite route au goudron pelé, cela fait à peu près une heure que je cours et je pense qu'après la douche je vais proposer de cuisiner le repas. Je repasse devant le panneau rouillé, je souris, j'ai une faim de loup.

Quand je les fixe sans cligner des paupières, les motifs géométriques sur les murs de ma chambre se mettent à vibrer, puis à glisser insensiblement les uns sur les autres, ils s'entremêlent, dessinent de nouvelles figures, pivotent, se font et se défont. Je ne bouge pas la tête, je les observe, ils se déplacent lentement, font mine de ne pas bouger pour mieux tromper ma vigilance. Un triangle se transforme mollement en carré, accroche un rectangle, dessine une figure de plus en plus complexe. Je me demande jusqu'à quel point ils vont se métamorphoser, s'ils vont finir par ébaucher une chose qui ait du sens. Un labyrinthe ? Ou mieux : le plan du labyrinthe ? Puis, j'entends que l'on m'appelle en bas, *Jo, viens mettre la table*, je détourne la tête et les motifs du papier peint regagnent instantanément leur place. À peine un jour que nous sommes arrivés et je commence à devenir dingue. Quand je me lève pour descendre rejoindre ma mère, j'entends des petits bruits dans le grenier. Je ne sais pas si c'est parce qu'il fait jour, mais ils sonnent inoffensif : des bestioles qui grattent, des souris qui se coursent. Hier soir, je devais être claquée et flippée pour avoir cru entendre des pas.

Bonne nouvelle : dans la cuisine maman sourit, on s'installe sous le grand chêne, elle se met à parler, raconte qu'elle a trouvé un supermarché ouvert le dimanche matin, les rayonnages étaient dévalisés, les gens stockent : le papier toilette, les pâtes, la farine, le riz, la levure, les œufs, le savon, comme s'ils se préparaient à subir une guerre. C'est d'ailleurs l'expression la plus souvent revenue dans les médias et dans les conversations : la guerre. J'imagine que l'image est faite pour marquer les esprits, on parle de guerre pour prévenir qu'il y aura des pertes et pour symboliser la lutte, mais je sais bien que ce n'est pas une guerre qui se prépare, nous serons à l'abri dans la maison, personne ne nous bombardera ou ne nous tirera dessus. Une guerre, ce n'est pas ça. Là, nous sommes dans l'attente, il s'agit de glisser la vie entre parenthèses, nous allons longtemps additionner les heures en espérant que la maladie nous épargnera, une lutte par le vide. Au lycée, des élèves ont connu la guerre, ce sont majoritairement des garçons, ils sont là provisoirement, ils se mêlent peu aux autres, ils savent qu'ils peuvent être expulsés chaque jour, ils ne s'installent pas, ils devront bouger, fuir l'administration après avoir fui la guerre. Avec eux, je n'ai jamais discuté de ce qu'ils ont vécu. À tort peut-être, je me disais qu'ils n'avaient pas envie d'en parler, qu'ils n'avaient pas besoin de ma curiosité déplacée. Je n'en sais rien, à vrai dire, je leur ai collé dans le crâne mes propres pensées. Peut-être auraient-ils eu besoin de raconter, au contraire ? Je m'en veux de ne pas avoir insisté, je les ai peu vus, ces garçons, j'ai si peu échangé avec eux. Je sais juste qu'ils ont fui des pays dévastés par les conflits armés, et je me demande maintenant où ils sont. Ce qu'ils font. S'ils ont un abri pour attendre en silence que la maladie les évite.

Un garçon de ma classe, Antoine, a fait un truc extraordinaire il y a quelques années : il a couru pendant une grande semaine avec un ami dont la famille était menacée d'expulsion. Ils ont fugué ensemble, les journaux se sont intéressés à leur histoire et la famille de son copain a été régularisée. Bien sûr, Antoine ne s'en vante pas, sa réputation le suit à la trace, il était déjà dans mon collège, il habitait le même immeuble que moi, celui qui a été démoli, je crois qu'il ne sait même pas que j'existe.

Nono proteste parce que maman a pris du poulet, ce garçon voudrait devenir végétarien. Notre mère considère ça comme une lubie, elle dit que ça lui passera, je propose un échange : je lui donne une partie de mes légumes et il me donne une partie de sa viande, maman roule des yeux. Il faudrait que je lui explique que moi aussi je préférerais manger moins de viande. Même à sept ans Nono a le droit de prendre certaines décisions, mais j'ai peur de la braquer, je mâche les filets de poulet sans plaisir. Sitôt la dernière bouchée avalée, Nono s'enfuit, nous laissant seules. Je propose à maman de faire un café, elle allonge ses jambes sous la table, étend ses bras, un bon moment pour tenter de discuter un peu avec elle. Si elle parvient à s'asseoir, elle redevient elle-même.

Les oiseaux ? Elle ne s'en souvient pas, elle ne sait pas s'ils étaient aussi nombreux autrefois. J'ai lu que l'actuel ralentissement des activités humaines leur permet de regagner des territoires, ils sont bien plus présents au-dessus des villes.

Maman s'est refait un café, j'ai refusé d'en boire un second. Le café demeure un grand mystère, les adultes y semblent accros, je ne parviens pas à décider si j'en aime ou non le goût. J'ai rempli un verre d'eau, je la regarde siroter sa tasse et les oiseaux chantent, sifflent, gazouillent, jabotent, piaillent, pépient, glapissent et zinzinulent, on s'entend à peine parler, j'ai beau accumuler les jolis verbes, en vérité ils produisent une cacophonie assourdissante. Çà et là, une trouée permet de deviner leur présence : ils sautent d'une branche à une autre, se coursent, se battent ou rivalisent, se séduisent, vivent leur vie agitée et rapide d'oiseaux. Nous devons être incompréhensibles pour eux, deux créatures immobiles, clouées au sol, sirotant à petites gorgées leurs boissons en parlant à mi-voix. Le téléphone à la main, maman me montre qu'à cet endroit j'ai du réseau. Papa a changé mon forfait, j'ai quasiment des données mobiles en illimité ; je pourrai m'installer dehors, sous l'arbre, pour faire mes devoirs, il me suffira d'un partage de connexion pour avoir Internet sur mon ordinateur. Et si jamais il se met à pleuvoir, on cherchera une autre solution.

Au loin, un tracteur trace son sillon le long d'un champ, je pense que je vais finir par me faire chier dessus si je reste trop longtemps à travailler sous le chêne, mais je ne dis rien, je profite du moment de détente, j'avance des questions, tout doucement, sans rien brusquer. Les réponses de maman sont trouées, partielles. Elle a vécu dans cette maison jusqu'à ses dix-huit ans, elle est partie après avoir passé le bac. J'ose lui demander pourquoi je n'ai pas connu mes grands-parents. Elle hésite un moment, écoute les oiseaux gueuler leur joie de vivre, se contente d'un *On était fâchés.* Elle est plus catégorique quand je lui parle de son frère, *Un con et un pauvre type.* Et la maison ? Lentement, elle me raconte que la mort de ses parents l'a prise par surprise ; je sais qu'ils sont morts dans un accident de voiture, ils se sont écrasés contre un arbre, ne blessant personne, se tuant seuls, sans doute à cause d'une perte de contrôle du véhicule et d'une vitesse excessive sur une route étroite. Elle voulait revendre la maison, mais son frère a refusé. Ils se sont vus pour régler les différentes formalités, c'est papa qui a pris en charge l'organisation des obsèques, même si les parents de maman avaient tout prévu : assurance, achat d'une concession au cimetière. Les retrouvailles ont été un calvaire : le frère de maman, que je n'arrive pas à considérer comme mon oncle, s'est opposé à la vente. Il n'a pas non plus voulu racheter la part de maman. Alors les choses en sont restées là, il y a un peu plus d'un an, sur une engueulade dans une rue, en face d'un office notarial. Depuis, il n'a jamais remis les pieds dans cette maison, papa et maman se sont occupés de vider les armoires, de trier les papiers, de jeter la nourriture périmée, de stocker ce qui pouvait l'être, et – depuis – la maison est restée fermée. *Fermée comme un poing*, dit maman, je note l'expression, l'image est violente : un poing serré par la colère.

C'est bizarre de parler de tout ça sous le grand soleil de l'après-midi. On parle de deuil avec en bande-son les gazouillis de la vie. La tristesse progresse sous la croûte ordinaire du quotidien, je pense, tout comme les menaces : on s'est réfugiés à la campagne pour fuir une maladie que l'on ne voit nulle part autour de nous. J'arrête de poser des questions, l'humeur de maman s'assombrit, je n'ai pas envie de lui plomber le moral, même si je me doute bien qu'elle n'a pas besoin que je lui parle pour penser aux douloureuses histoires de sa famille. Je lui demande juste si ça ne la rend pas triste de revenir là où elle a grandi. Elle me surprend en éclatant de rire. *Le passé est le passé*, on sera mieux ici qu'en immeuble et papa ne se pardonnerait jamais de nous contaminer, il est en première ligne, infirmier urgentiste il va être confronté chaque jour à la maladie.

Sans me laisser le temps d'ajouter quoi que ce soit, elle se lève et me demande de finir de débarrasser la table de jardin, elle part à la recherche de Nono. Je profite de son absence pour regarder mon téléphone. Des dizaines de messages, des snaps, des conversations de groupe, des photos. Je fais défiler les écrans. Je me sens confuse – hébétée serait le terme exact. D'habitude, j'écris des textes, des billets d'humeur, des sortes de poésies que je poste sur les réseaux, mais là, depuis hier, je n'arrive pas à fixer mes pensées, la moindre idée est aussitôt emportée par un courant violent. J'ai un mal de chien à me concentrer. Je n'arrive qu'à écrire ce journal confus et décousu où je note mes réflexions et le peu que je fais. Et je n'ai pas envie de poster des platitudes sur les réseaux, ni d'envoyer des SMS sans relief à mes amis. Fatou et Célia passent à nouveau la journée ensemble. Lucie est avec sa famille, elle devait sortir mais ses parents le lui ont interdit, ils ne veulent pas qu'elle prenne de risque. Lucie souffre d'asthme, la maladie attaque les voies respiratoires, on ne sait pas encore quels sont les gens les plus menacés, en dehors des personnes âgées. J'ouvre le contact d'une seule personne, je réfléchis une minute, puis j'entends un cri, maman pousse un hurlement depuis la maison, alors je lâche tout et je pars en courant.

Personne dans la cuisine, aussitôt le cri poussé, le silence est retombé, j'ai le cœur qui tape fort d'avoir couru, la frayeur me coupe le souffle, *Maman ?* j'appelle, mais elle ne répond pas. Des taches vertes virevoltent devant mes yeux, je suis passée trop vite de la lumière du dehors à la grisaille de la maison. Plus tard, lorsque je repenserai à ce qui s'est produit, je m'étonnerai d'une telle pénombre. Malgré les nombreuses fenêtres, c'est comme si la lumière rechignait à entrer, les rayons du soleil paraissent plus faibles à l'intérieur, la lumière est voilée, chétive, poudreuse.

Maman ? je redemande. Quelque chose heurte le montant de la porte d'entrée dans mon dos, je me retourne d'un coup, prête à me défendre, Nono me fixe, les yeux grands ouverts. *C'est quoi ce cri ?* il demande. Je ne réponds pas, je tends instinctivement ma main et il la saisit. Puis j'entends un petit bruit en provenance du salon, nous nous avançons, lentement, moi devant, mon frère en arrière. Je devine la silhouette de maman debout dans le cadre de la porte, je respire enfin ; inconsciemment je retenais mon souffle jusqu'à présent. *Maman ?* Elle n'entend pas ma voix, elle demeure immobile. Je m'approche, en marchant de plus en plus lentement, la main de Nono est molle dans la mienne, il se laisse guider. *Maman ?* Brusquement, elle sursaute en remarquant ma présence, elle pousse un cri et – je dois bien l'avouer – moi aussi. J'ai eu peur de sa peur. Nono a enfoncé en silence ses ongles dans la paume de ma main. Encore un pas, maman tourne son visage vers nous, ses traits sont figés, une tension sourde fait vibrer ses lèvres, puis elle regarde à nouveau vers le salon, je suis la direction de ses yeux, je cherche, je ne vois rien, les volets ne sont pas ouverts, il fait vraiment sombre. Enfin je remarque une traînée brune sur le mur d'en face, une large traînée, et l'odeur me saute au nez. La maison sent le renfermé, la moisissure, mais là, c'est un parfum de pourriture qui domine. Je lâche Nono, je fais un pas, je dépasse maman, pétrifiée. Ses yeux doivent être meilleurs que les miens, je peine à distinguer ce qui l'a horrifiée. Encore un pas, la traînée, quelque chose a éclaté contre le mur, une chose qui a glissé ensuite sur le parquet, une chose qui pue atrocement et qui est là, masse indistincte. J'évite de me pencher, j'ouvre la fenêtre puis les volets en grand, maman s'est avancée de deux pas, elle a attiré Nono contre elle, elle l'enveloppe de ses bras, la lumière traverse le salon, je me penche, il me faut quelques secondes pour comprendre ce que je vois : une bête morte, morte et en pleine décomposition, une bête de la taille d'un gros chat ou d'un petit chien qui a été projetée contre le mur, éclaboussant le papier peint à fleurs d'une flaque avant de retomber au sol. J'approche un peu, maman est toujours transformée en statue : le pelage de l'animal s'arrache par plaques, il grouille de vermine, il pue si fort que je me relève d'un bond pour ne pas vomir. Maman s'est de nouveau figée. D'une toute petite voix, la voix qu'elle devait avoir enfant, elle me demande ce que c'est. Je bloque ma respiration et m'approche. Un lièvre, c'est sans doute un gros lièvre, mort depuis quelque temps, en pleine putréfaction, ses entrailles ont coulé hors de son abdomen. Je m'éloigne. Maman demeure changée en statue. De sa toute petite voix fragile, elle me dit qu'elle a vu la tache sur le mur, qu'elle a senti l'odeur, qu'elle a eu peur. Lentement nous regagnons le couloir. Et c'est Nono qui formule les pensées qui tournent dans ma tête. *Une bête morte n'entre pas toute seule dans une maison*, dit-il. Non, bien sûr que non. Une bête morte ne s'explose pas toute seule contre un mur. Il faut que quelqu'un ou quelque chose trouve la bête, la prenne, entre dans le salon, l'éclate contre le papier peint et s'enfuie. Quel animal ferait cela ? Quel animal jouerait avec la carcasse d'un autre ? Nous sortons, respirons le grand air pur, je sens mes nerfs se relâcher, je ne veux pas revoir les entrailles, je ne veux pas revoir la tête pourrie où manquaient les yeux, nous discutons pour chasser notre peur. Ma mère me demande si j'ai entendu quelque chose. Non, je regardais mes messages, j'étais sur mon téléphone. Nono ? Il jouait dans le jardin, à l'arrière de la maison, il se construisait une cabane avec des branches mortes, contre le mur. La porte d'entrée est restée grande ouverte depuis ce matin à cause de l'odeur de moisissure, aucun de nous trois n'est entré dans le salon aujourd'hui. Quand je courais maman était à l'étage, quelque chose s'est faufilé à l'intérieur pour venir balancer cette charogne. Quelque chose. Quelle chose ?

Un coup de vent fait claquer la porte d'entrée et nous poussons tous trois un cri de surprise ; je suis terriblement nerveuse, peut-être moins que maman, je me demande encore comment elle a fait pour voir sans lumière. Nous respirons, je souris, et nous finissons par rire de notre frayeur. Le cœur n'y est pas, mais le rire soulage mes angoisses. Maman part dans la cuisine, prend les gants en plastique rose qui servent à faire la vaisselle, un sac poubelle, une éponge, du produit de nettoyage. Ses gestes sont maintenant assurés, sa peur a reflué. Elle nous regarde, sourit à nouveau ; je lui demande si elle souhaite que je le fasse, elle me dit d'aller aider Nono à bâtir sa cabane. Elle souffle un grand coup et entre dans le salon, refermant la porte derrière elle.

Tout ce que le loup trouve, il le tue et le dévore. Le loup aime la souffrance et la peur. Il se fait une écharpe avec les entrailles de ses victimes. Le sang reste collé à ses poils, autour de sa gueule. Le loup joue avec la peur, il marque son territoire, il dit qu'il est là, qu'il est venu, qu'il reviendra.

En fait de cabane, Nono a adossé des branches et des planches à moitié vermoulues contre le mur d'enceinte, l'espace est minuscule, il se glisse à l'intérieur à quatre pattes et je le suis en me demandant si on ne va pas tout recevoir sur la tête. L'intérieur est plus profond que je ne l'aurais cru. Nono se faufile, sa prétendue cabane n'est qu'une sorte de corridor menant sous une sorte de gigantesque sapin – un cèdre ? je ne suis pas certaine du nom – entouré de broussailles. Là, l'espace est quasiment assez grand pour que je me redresse. Pas une herbe ne pousse dans cet espace protégé par les branches basses. J'ai appris en cours de SVT que les sapins transformaient le sol sur lequel ils poussent, ils l'acidifient et empêchent de nombreuses autres plantes de se développer. Certaines branches retombent quasiment jusqu'à terre, d'autres se perdent dans des buissons enchevêtrés. Nono a piqué deux chaises en plastique dans le garage, une caisse en bois retournée sert de table. Une lumière poudreuse descend jusqu'à nous. Je siffle d'admiration entre mes dents, il a débusqué un joli terrier. Sur l'une des chaises, je découvre Basile. Je ne savais pas que mon frère l'avait emporté avec lui. Nono suit mon regard et – sans un mot – s'assoit de façon à le dissimuler. J'hésite une seconde à lancer une vanne puis je me ravise. Après la scène atroce du salon, autant ne pas ajouter de la tension. Le truc immonde qui porte le nom de Basile est un doudou, le préféré de Nono quand il était tout petit. À la base, il s'agissait d'un banal ourson en tissu, mais, à force d'être mâché, trituré, déchiré, recousu, lavé, éventré, rapiécé, égaré, retrouvé, il ne ressemble plus vraiment à quoi que ce soit. Officiellement, depuis l'an dernier, Nono s'est séparé de lui, mais à la maison, parfois, je tombe sur cette loque : je la vois dépasser de sous l'oreiller de mon frère, je l'aperçois tapie sous son lit. Comme s'il suivait le fil de mes pensées, Nono me raconte qu'il avait caché Basile dans sa valise, mais hier soir, quand il s'est réveillé à cause des bruits, il a réalisé qu'il l'avait oublié dans la cabane. *Sinon*, ajoute-t-il, *je ne serais pas venu dans ton lit, Basile m'aurait protégé*. Encore une fois, je ravale la vanne que – par réflexe – je m'apprêtais à lui lancer. Nono a sept ans, il n'ira plus à l'école avant de longues semaines, il n'a plus aucun contact avec ses amis, il se retrouve coincé avec sa mère et sa sœur dans une baraque sinistre, il doit s'inquiéter pour papa comme nous tous, alors s'il a besoin d'un truc qui empeste, imprégné de sa salive et de sa morve pour supporter cette épreuve, je peux le comprendre.

Nono part dans un long délire, il veut installer l'électricité dans la cabane en creusant une tranchée pour enfouir une rallonge. Distraite, je l'écoute sans trop répondre ; quand il part dans ce genre de projet, il est inutile de vouloir le raisonner, il est lancé comme un train à vapeur, il ne sait pas freiner, seule maman pourra lui dire que jouer à enterrer des fils électriques n'est pas l'idée du siècle. Je l'écoute inventer des systèmes impossibles et – en un sens – ça me rassure. Pour mes quinze ans, sans rien dire à personne, Nono avait rafistolé une lampe de bureau à l'abat-jour cassé en imprimant des photos de moi et en les collant sur l'ampoule. En toute logique, le papier avait pris feu quand il avait testé son bricolage. Heureusement, il n'était pas seul à l'appartement ce jour-là. Papa était intervenu tout de suite, il avait débranché la lampe, balancé le tout dans l'évier. Nono pleurait si fort qu'il n'avait pas été possible de le gronder. Papa pensait qu'il avait eu peur des conséquences de ses actes, il pleurait juste de déception, il pensait commercialiser l'idée et se lancer plus tard dans la vente d'ampoules personnalisées. Deux ans auparavant, il avait placé tous les magnets du frigo dans le four à micro-ondes, persuadé que les aimants deviendraient surpuissants grâce au rayonnement. Là, il s'était sérieusement fait engueuler : après que le four a eu produit un magnifique feu d'artifice, les plombs avaient sauté et l'appareil était mort, les magnets fondus sur le plateau et l'intérieur totalement carbonisé. Ce souvenir m'oblige à endosser mon rôle de grande sœur ; sans le brusquer, je lui explique que sa cabane est très bien comme ça. Sans électricité, c'est encore mieux, plus survivaliste. S'il s'habitue au confort et que demain les centrales nucléaires cessent de fonctionner, il sera pris au dépourvu. Tandis que s'il ne dépend pas de l'électricité sa cabane sera parfaite. L'argument semble faire mouche, les yeux de Nono s'éclairent et il se lance dans un long discours sur le retour à la vie sauvage. Il faudra tout de même que j'en touche un mot à maman, on ne sera pas trop de deux à surveiller les élans créatifs de ce gosse. Je lui conseille de ne pas oublier Basile s'il a besoin de lui pour dormir calmement et je rampe dans le couloir de branchages pour retrouver notre mère – j'ai un peu honte de l'avoir laissée seule avec le truc mort dans le salon.

Sous le grand chêne, maman a installé son ordinateur, elle relève la tête en m'entendant arriver. *Nono?* elle demande, je lui raconte vite fait sa cabane et son nouveau délire, elle sourit et j'ai l'impression que – pour la toute première fois depuis que nous sommes ici – son visage est vraiment apaisé. Sans que je pose de question, elle m'explique qu'elle a fourré la bestiole dans le conteneur des poubelles en bas du chemin, à l'intérieur d'un sac noué. *Bon débarras,* elle ajoute. Maman fait un geste vague de la main, comme pour chasser le souvenir de ce qui vient de se passer; elle me sourit à nouveau et me montre un message vidéo de papa qu'elle est parvenue à télécharger dans lequel il explique que tout va bien pour lui, que l'hôpital se prépare à l'afflux des malades, ils ont paradoxalement beaucoup moins de travail, les urgences sont désertes. Les gens ont peur, ils restent chez eux. Sur l'image, papa est à la maison, dans la cuisine, il n'est pas rasé, il sourit lui aussi, il dit que, comme les gens ne se déplacent plus à l'hôpital pour le moindre bobo, cela laisse le temps d'organiser le service, de prévoir les lits, d'équiper le service de réanimation. Dans l'est de la France, les médecins ont été submergés par surprise, l'ouest est plus calme, la maladie n'est pas encore arrivée. Les soignants anticipent, ils attendent la vague qui – peut-être – les submergera. Les infirmiers ont peur d'être rapidement contaminés. Papa et maman en ont discuté, c'est pour ça que l'on est ici et qu'il reste seul à Nantes, chez nous. S'il attrape la maladie, il ne nous la transmettra pas. Papa raconte deux trois anecdotes, il finit son message en nous embrassant tous. Il a passé la nuit à l'hôpital, il vient de rentrer, il va dormir un peu. *Je t'aime*, il ajoute en regardant droit vers la caméra. Les yeux de maman brillent, je me lève, je vais voir le salon, le mur garde l'empreinte sombre de la tache. Et, sous l'odeur vive de la javel, il me semble sentir encore celle de la pourriture.

L'après-midi se passe, dans la lenteur d'un dimanche après-midi ; on finit de ranger un peu la maison, maman lutte visiblement pour ne pas paraître trop soucieuse, elle esquive mes questions la plupart du temps. Vers seize heures, je vais faire quelques pas sur la route, je regarde mes messages, mes amis se préparent à ne plus se voir, beaucoup ont fait la fête hier soir, ce qui me semble être une chose d'une immense stupidité. Seuls les messages de Fatou, Lucie et Célia me réconfortent un peu. Elles ne bougent plus. Demain, plus personne ne bougera nulle part. Des filles de ma classe disent qu'elles vont mourir si elles ne peuvent pas aller chez le coiffeur. Je lis des messages dégoulinants sur le mode du « Tu vas me manquer », je vois beaucoup de photos délirantes, tout cela me paraît tellement loin maintenant. C'est comme si j'avais quitté le lycée depuis des mois alors que cela ne fait même pas deux jours. Peu de messages me sont réellement adressés. Je scrolle de groupe en groupe, je tombe sur des discussions si longues que je renonce à en remonter le fil, je vois des milliers de commentaires, de signaux, d'emojis et de GIFs. C'est dingue comment en trente-six heures de coupure tout cela me paraît déjà vain. Des visages rient, des visages friment, je n'aperçois que la croûte superficielle des choses, comment savoir si un rire ne masque pas une trouille immense ? Comment savoir sur une photo où dix personnes se sont serrées les unes contre les autres pour un selfie collectif si l'apparente joie ne dissimule pas des solitudes extrêmes ? On peut être seul au milieu des autres, j'en ai souvent fait l'expérience.

J'écris et j'efface plusieurs messages, je renonce à répondre aux conversations de groupe, j'ai mis quelques smileys çà et là, si quelqu'un vraiment se demande comment je vais, il saura que je suis vivante. S'il parvient à dénicher mes maigres commentaires dans le torrent des posts et des messages. Je coupe mon téléphone. Je n'ai même pas rallumé la sonnerie depuis ce matin ; chez moi, je la coupe le soir avant de m'endormir, pour ne pas être réveillée par les incessantes notifications – hier soir j'ai fait la même chose, par réflexe.

Le nez pointé vers le ciel si bleu, j'écoute passer le temps, un tracteur n'en finit plus de tirer des sillons parallèles dans un champ au loin, les oiseaux gazouillent, une seconde s'additionne à une autre seconde, soixante fois de suite, pour produire une minute. Le temps s'écoule entre mes doigts à la vitesse d'un escargot. Je pressens que les deux prochaines semaines vont être longues, très longues, surtout si elles se transforment en un mois. Ou deux, comme semblait le supposer papa quand il nous a conseillé de nous réfugier à la campagne. J'aimerais écrire autre chose que ce journal, un poème par exemple, que je posterais sur les réseaux, mais je n'y arrive plus, les mots s'éboulent avant de composer une phrase, ce que j'écris n'a ni épaisseur ni consistance. J'ai l'impression d'avoir l'esprit vide. Je me sens creuse. Et la douceur paradoxale dans laquelle je me trouve n'y change rien, au contraire : comment envisager qu'une chose invisible nous menace alors que le printemps arrive, que les oiseaux hurlent leur gaieté et que nous tentons avec maman et Nono d'instaurer de nouvelles routines dans cette maison dix fois plus grande que notre appartement à Nantes ?

La boîte aux lettres est remplie d'insectes morts et de vieilles publicités agglomérées par l'humidité. Désœuvrée, j'entreprends de la vider. Nono ne bouge plus de sa cabane, maman lit au soleil. Papa ne nous enverra pas de courrier, il n'en aura pas le temps et la poste va limiter la distribution, mais cela ne sert à rien de conserver toute cette poussière et ces vieux papiers pourris à l'intérieur. La lettre, j'ai failli ne pas la voir, elle était collée à un dépliant de supermarché. Une enveloppe sans timbre mais avec les noms de mes grands-parents écrits d'une main tremblante. Avec précaution, je la déplie et l'ouvre. Le papier suinte, mais heureusement la personne qui a écrit ce message a employé un Bic, l'écriture reste lisible. Il est écrit en majuscules: *Chaîne de saint Antoine.* Dessous un message raconte que cette chaîne vient d'Argentine, elle a été écrite par un missionnaire catholique et doit faire le tour du monde. L'écriture manuscrite est à la fois hésitante et large, comme si les mots avaient été tracés par un jeune enfant, ou une très vieille personne. Passé l'introduction succincte, il est indiqué que celui ou celle qui trouve cette lettre doit en faire 24 copies et les poster à son tour, même si il ou elle n'est pas croyant. Suivent une dizaine d'exemples: *Monsieur Bayon la reçoit, demande à sa secrétaire d'en faire 24 copies et son entreprise échappe au dépôt de bilan. Madame Marneau la reçoit, la recopie 24 fois et gagne plusieurs millions au Loto. Monsieur Mazieff la brûle et la semaine suivante un incendie ravage sa maison, ses parents perdent la vie et lui se retrouve à l'hôpital de Bagnolet. Monsieur Pichon la déchire et il meurt dans un accident de circulation du côté de Bordeaux. Mademoiselle Moreau la jette et décède d'un infarctus malgré son jeune âge. Monsieur Boutevin la recopie et trouve du travail alors qu'il était au chômage depuis trois ans…* Une fois passé les exemples, il est redit que celui ou celle qui reçoit cette lettre doit impérativement en renvoyer 24 copies pour attirer sur lui un événement heureux, sans cela il lui arrivera malheur.

Des chaînes de ce genre, j'en ai déjà reçu sur mon téléphone, je ne savais pas que des gens s'amusaient à en envoyer par la poste. J'ai envie de la montrer à maman mais je me retiens à la dernière seconde. Son humeur est tellement variable depuis notre arrivée ; je repense à la bestiole morte dans le salon et je la laisse bouquiner tranquillement. Il y a une caisse dans la remise qui sert à recueillir les prospectus et le papier en attendant d'aller les jeter dans un conteneur de recyclage, je balance la lettre, non sans penser que, dans un film d'épouvante, ce serait là le moment où le personnage principal attirerait la malédiction sur lui.

À force de ne rien faire, la journée s'effondre dans le soir. Je n'ai pas envie de prendre un livre, je n'ai pas envie de grand-chose. Par facilité, j'ouvre mon téléphone, survole encore une fois les discussions auxquelles je n'ai rien à répondre. Je visionne des vidéos débiles tout en lisant des articles alarmistes sur l'épidémie. Je finis par tomber en panne de batterie et, quand je relève les yeux, le soleil est bas, ses rayons viennent rougir la façade de la maison qui ressemble plus que jamais à un visage sévère.

Je n'aime pas me sentir aussi molle, j'ai besoin de m'arracher à la torpeur, de faire quelque chose. Je récupère un stylo et une feuille de classeur. Lors du tout dernier cours de français avant le confinement, Mme Kaplan nous a lu un poème de Charles Baudelaire, elle nous a raconté sa vie, ses maladies, son obsession macabre de la mort. Je cherche dans mon sac, je retrouve ce que j'avais noté. Souvent, il a écrit des sonnets, poèmes composés de deux quatrains et de deux tercets aux rimes entrecroisées. Comme je n'arrive à rien de bon, je me lance un défi. Un sonnet par jour. La vieille structure des poèmes m'évitera d'avoir à réfléchir. J'ai besoin d'un sujet, pourquoi pas la lettre trouvée dans la boîte ? Quatorze vers de douze syllabes, c'est sans doute ringard, plus personne ne doit écrire de poésie ainsi, mais franchement, dans mon état, je m'en fiche, c'est un jeu. J'écris une phrase, je la raie, je recommence, je bute sur le nombre de pieds des vers, puis sur les rimes, certaines sont impossibles, j'en cherche longtemps une avec le son « aine », mais je ne veux pas écrire *haine* ou *peine*. Je raie le vers tout entier. Nono vient rôder autour de moi, me demande ce que je fais. Je lui réponds que je fais ma Baudelaire. Comme il ne comprend pas, je lui dis que faire sa Baudelaire, c'est un peu comme faire sa Verlaine ou sa Rimbaud, mais en plus gothique. Il me souffle que je suis une débile et s'éloigne. Je souris, j'en étais où ? Ah oui, une rime en « ière ». J'avance, je compte sur mes doigts, maman relève les yeux de son roman, m'observe. *Je fais mes devoirs de français*, je lui explique pour simplifier les choses. Peu à peu, mon cerveau se réveille, j'ai l'impression d'entendre les rouages grincer dans mon crâne ; la torpeur hébétée qui m'a saisie pendant que je scrollais l'écran de mon téléphone reflue, je ne vois plus passer le temps. Maman m'informe qu'elle va préparer le dîner, *On mange dans une petite demi-heure*, elle me dit, le peu de temps rajoute une contrainte supplémentaire. J'avance, je réécris deux fois le dernier tercet et quand maman réclame de l'aide pour mettre la table, je souffle un grand coup : j'ai mon poème !

Dans la boîte, une lettre attendait d'être lue.
Des semaines, des mois, des années de poussière,
formant sur son enveloppe un vrai suaire.
Le temps ne passait plus, il restait suspendu.

Peu à peu l'humidité bouffait le courrier.
Les mots, les phrases lentement se décomposaient
Dans l'obscurité, contraint et forcé, muet,
il n'avait pas d'autre choix que de se souiller.

Lettre d'amour ? de menace ? rappel d'impayé ?
Personne, jamais, n'est venu la récupérer.
Elle espéra en vain que vienne son heure.

Celui qui l'a postée fut sans doute déçu
que le destinataire ne lui ait répondu.
La mort s'était invitée avant le facteur.

Je lutte contre le sommeil, il n'est pourtant que quatorze heures, je sors de table, je me sens molle, lourde. Allongée sur mon lit, j'entends une voix, brouillée, diffuse, impossible de comprendre ce qui est dit, la voix semble énervée. J'ai laissé ma porte entrouverte ; visiblement, ça barde dans la chambre de maman, sa voix m'arrive déformée mais j'entends parfaitement sa colère. Je me relève pour fermer la porte, sur le moment, je ne pense qu'à une chose : elle a du réseau dans sa chambre, elle a pris la seule pièce de la maison où le téléphone passe.

Je regarde un instant les taches au plafond, elles dessinent des continents, je suis une cosmonaute qui observe le monde depuis l'espace. Il est vingt heures, grand temps que j'arrête mon délire. Je me relève, sur le palier tout est redevenu silencieux, je frappe à la porte de maman, pas de réponse, j'entrouvre, la pièce est vide. C'est étrange que je ne l'aie pas entendue descendre, les marches de l'escalier craquent à chaque pas. J'en profite pour regarder mes messages, le téléphone a eu le temps de se recharger un peu. Aucun réseau. Je fais le tour de la chambre, rien, pas une barre, même à la fenêtre. Quelque chose de froid est en train de me saisir les tripes. Je descends à toute vitesse, trouve maman dans la cuisine, en grande conversation avec Nono. Je lui demande à qui elle parlait tout à l'heure. Tous deux me dévisagent avec de grands yeux. Et la chose froide qui niche dans mon ventre remonte le long de ma colonne vertébrale. Maman affirme qu'elle n'a pas quitté la cuisine depuis la fin du repas, elle n'est pas montée à l'étage. Je ne veux pas y croire, je l'ai entendue. Ou plutôt j'ai entendu une voix qui aurait pu être la sienne, curieusement altérée, une voix en colère. Maman sourit, elle croit que je plaisante, que je joue à lui faire peur. Puis, peu à peu, elle comprend que je suis sérieuse. Je n'arrive plus à expliquer ce que j'ai entendu, ou ce que j'ai cru entendre, ma gorge se serre. *La radio ?* Avant que Nono ne déboule dans la cuisine, maman écoutait une émission sur l'épidémie, elle vient juste d'éteindre le poste, elle en avait marre du radotage des pseudo-spécialistes. J'ai eu l'impression que la voix venait de la chambre à l'étage. La maison est vieille, il est possible que les sons traversent le plancher, il n'y a aucune isolation. Je respire un grand coup, je chasse la boule froide qui joue au ping-pong avec mes nerfs. *La radio, oui. Suis-je bête.* Voyant ma mine déconfite, Nono se moque, j'ai entendu les voix des fantômes, maman éclate de rire et ça fait du bien de la voir rire de nouveau, libérée de la chape d'inquiétude et de tristesse. Je veux bien entendre des fantômes s'ils nous aident à renouer avec un peu de bonne humeur. Je ris à mon tour de ma bêtise.

Laisse-moi, va-t'en, je te hais, tu entends? Tu n'es qu'un sale loup, tu ne prends plaisir qu'à me torturer. Je te hais. Je voudrais que tu meures, que tu disparaisses, que tu ne sois pas là, que tu ne sois jamais venu, jamais né. Je te hais. Sale loup. Je te hais.

Plus tard, nous sommes dans le salon, volets et fenêtres fermés pour la nuit, j'évite de regarder en direction de la tache encore un tout petit peu visible sur le mur. Nono a le droit de se bousiller les neurones en faisant un jeu idiot sur l'ordinateur, maman me reparle de cette histoire de voix, elle me dit que, enfant, souvent, elle a connu de belles frayeurs. Ses parents étaient régulièrement absents, son frère vivait sa vie sans trop de soucier d'elle, elle se retrouvait seule, dans cette grande maison isolée, et elle a vécu de terribles frousses : le vent soufflait et la charpente craquait, des animaux rôdaient parfois la nuit, sans parler des colonies de souris dans le grenier. Elle aussi a cru entendre parfois des voix chuchoter ou appeler. Je l'écoute, elle parle d'un temps où elle avait à peine dix ans. Je lui demande si elle croit aux fantômes. Elle se trouble. J'ai posé cette question sans trop y réfléchir, sans vraiment attendre de réponse et maman me fixe, son regard droit, en silence, quelques secondes à peine, suffisamment pour que ce soit moi qui détourne les yeux. Elle se tait toujours, j'aimerais qu'elle parle, qu'elle dise n'importe quoi, une blague, ou qu'elle se plaigne d'avoir une fille qui pose des questions débiles, mais non, elle se tait, presque une minute, puis elle parle enfin. *Les fantômes*, dit-elle, *non… Quelque chose comme l'âme qui survivrait, je n'y crois pas une seconde.* Elle hésite un peu. *Mais pourtant certains lieux sont hantés, non ? Tu ne t'es jamais sentie mal à l'aise dans un endroit sans comprendre pourquoi ?* Elle cherche ses mots. *Cela arrive parfois. Une maison, une pièce, où l'on est terriblement mal.* Je la laisse parler, je ne sais pas trop où elle veut en venir, je pense à cette maison, forcément. Depuis que nous sommes arrivés, je ne parviens pas à me détendre, je ressens une sorte d'oppression, je n'arrive pas à comprendre si c'est la situation qui m'angoisse, l'épidémie, la fermeture du lycée, le fait de savoir papa exposé et seul, ou si cela vient vraiment de la maison. Maman me raconte une histoire, il y a quatorze ans, à Grenade, en Espagne, avec papa ils avaient loué un appartement un été, pour une halte, nous étions partis un mois entier, en voiture, jusqu'en Andalousie, j'ai vu quelques photos de ces vacances, mais je n'en garde aucun souvenir, j'étais bébé à l'époque. Nous devions rester deux nuits dans cet appartement, et maman n'avait pas pu dormir. Elle l'avait pressenti dès le premier pas à l'intérieur : une gêne, une lourdeur. *Une vibration*, dit-elle, *une très mauvaise vibration.* Papa, lui, n'avait rien trouvé d'anormal. Mais elle avait été incapable de dormir et j'avais pleuré tout le temps que nous avions séjourné dans cet endroit. *C'est normal*, dit Nono. Nous ignorions qu'il nous écoutait. *Jo a toujours été une sale gosse.* Je lui conseille de retourner se griller le cerveau avec son jeu crétin, il me répond que, s'il peut le griller, c'est la preuve qu'il a un cerveau, lui, et maman continue : *Pourtant, tu vois, il n'y avait rien de spécial : un appartement rénové, loué toute l'année à des touristes. Les propriétaires habitaient à l'étage du dessus, ils l'avaient aménagé sommairement, sans luxe, juste ce qu'il faut pour qu'il soit fonctionnel et qu'il puisse accueillir des gens de passage comme nous. Ce n'était pas un appartement pourri, puant, confiné ; il était clair : une chambre, un salon avec canapé lit, un lit à barreaux pour moi, un coin cuisine, une grande baie vitrée lumineuse avec un balcon, une vue sans charme sur d'autres immeubles. Rien de spécial, sauf le fait que je m'y sentais mal, vraiment très mal, et que tu avais pleuré deux jours, tu ne te calmais que lorsqu'on sortait pour aller visiter Grenade et l'Alhambra. Je te jure que, si nous avions eu plus d'argent, nous aurions décampé dès la première minute pour trouver un hôtel.* Maman fait une grande pause. *Les fantômes, je n'y crois pas, ce sont les lieux qui mettent mal à l'aise. Comme si les événements s'imprimaient dans l'espace, dans les murs, sur les sols... Je suis sûre et certaine que dans l'appartement à Grenade il s'était passé un truc terrible, violent, un drame. Et les lieux s'en souvenaient encore.*

Brusquement, maman se relève, elle plonge à nouveau ses yeux dans les miens. *Tu me prends pour une cinglée ?* elle demande, mais ne me laisse pas le temps de répondre. *Ma pauvre,* elle ajoute, *tu te retrouves coincée à des centaines de kilomètres de tes amis avec une mère frappée.*

Oh, le pire, c'est mon frère, on aurait pu l'abandonner à la station-service, je réponds pour dédramatiser, mais Nono trop absorbé à tuer des carottes sur son écran n'entend plus ; les yeux de maman brillent, de plus en plus, et les larmes coulent et je ne sais pas trop quoi dire ou faire. Je me lève, m'approche, une gêne demeure entre nous, je ne sais plus depuis combien de temps je n'ai pas touché ma mère, vraiment touché, je veux dire, pas une simple bise distraite le matin ; j'ouvre mes bras, l'enveloppe, maman est tendue, je sens qu'à mon contact elle se crispe encore plus, je n'en mène pas large moi non plus, puis peu à peu, à mesure que je laisse refluer mon embarras, je la sens qui se détend, elle pleure sans un bruit et j'ai envie de pleurer à mon tour. Je me revois gamine, tous ces câlins, la façon dont je jouais à me bagarrer avec mon père aussi, je ne m'endormais pas sans que maman ne me prenne dans ses bras. Je repense à toutes ces joies, ces rires. Je n'avais pas réalisé que je ne touchais plus jamais mes parents. C'est normal, on grandit, on s'éloigne, c'est la vie, c'est comme ça, ce serait terriblement gênant de faire des câlins à ses parents quand on a seize ans. Maman pleure, sans un son, je perçois les soubresauts de son corps et pourrais presque poser mon menton sur le sommet de sa tête ; je me souviens de ma fierté d'être plus grande qu'elle, il y a un an ; je ne dépasserai sans doute pas papa, mais maman c'était fait. Je la laisse pleurer, elle en a besoin, c'est ce qu'elle me disait quand j'étais petite : il ne faut jamais retenir ses larmes. Doucement, maman renifle et échappe à mon étreinte. *Pardon, j'ai besoin d'un mouchoir*, elle dit, et elle file dans la cuisine où se trouve une boîte de Kleenex. L'instant de gêne est fini, Nono me regarde en silence. Je lui souris, m'approche, passe ma main dans ses cheveux, il ne proteste pas ; je lui murmure que tout va bien, que maman est juste fatiguée. Je lui fais remarquer qu'il a perdu la partie contre les carottes, c'est la honte. Quand maman revient ses yeux brillent encore mais elle sourit. *Pardon, je craque, je crois que je m'inquiète pour tout, pour ton père, pour tes cours, pour l'école de ton frère, pour toute cette merde qui rend les gens malades dans le monde entier, pour mon travail aussi. J'ai beau être en chômage partiel, si la boutique ne peut pas rouvrir dans les semaines à venir, elle va couler.*

Maman se mouche, et je vois ses efforts pour assembler un sourire. *C'est une chouette soirée pour se raconter des histoires de fantômes, non ?* La crise est passée, je ravale mes questions. Je comprends ce qu'elle a voulu dire en racontant cette histoire de lieux marqués par des événements, je ne sais pas quelle serait la valeur scientifique de cette théorie, j'ignore avec lequel de nos sens on peut capter des événements incrustés dans un lieu précis. Je me revois courir ce matin, je m'étais interrogée sur l'éventuelle présence de morts anciens dans les bois alentour. Je lance deux ou trois plaisanteries et je me retiens de demander à maman quels événements peuvent bien s'être déroulés durant son enfance ou son adolescence ici. Qu'est-ce qui hante ces lieux ?

Très vite, elle referme le capot de l'ordinateur malgré les protestations de Nono, l'envoie se brosser les dents et monte lui lire une histoire. Il est grand temps de nous coucher, elle me conseille de ne pas m'endormir trop tard, demain, logiquement, j'ai classe à distance, mes professeurs sont supposés m'envoyer des cours et des devoirs. Nono râle pour la forme, mais il n'arrête pas de bâiller. Je lui dis qu'il va rêver que des carottes carnivores le poursuivent pour se venger. Il me répond que tous les fantômes de la maison vont venir se cacher sous mon lit. Un partout. Match nul.

Longtemps, je cherche le sommeil. J'ai pris la mauvaise habitude ces dernières années de m'endormir en écoutant de la musique en ligne. Le faux silence de la maison m'emplit les oreilles. Tout d'abord, j'entends mon corps, un sifflement artériel vibrant dans mes oreilles, ma respiration sur laquelle je me concentre pour parvenir à me calmer. Je crois qu'au yoga on fait des trucs comme ça. La maison n'arrête pas de craquer, de grincer, de gémir. Ce sont de petits coups secs, des ébranlements minuscules, comme si les meubles bougeaient en douce. Le parquet se détend, la charpente se déplace de quelques millièmes de millimètres. Dehors, les branches du chêne frottent l'une contre l'autre, les feuilles se froissent au moindre souffle d'air. Et les animaux s'en mêlent ; dans le jardin, ils se pourchassent, se tombent dessus pour se bouffer ou se battre, j'entends des bruits minuscules de luttes, de courses-poursuites, une chouette rajoute sa plainte, et ça y est, ils sont dans la maison, les griffes pianotent sur les lames du parquet, des bestioles se promènent au grenier, un moment j'ai l'impression qu'elles jouent aux billes, des choses roulent là-haut, des graines ? des noix ? Puis les habitants du grenier gagnent en audace, ils se faufilent dans toutes les pièces, ils sont derrière mon lit, dans le mur, ils grattent, creusent, frottent et fouinent, jouant avec mes nerfs, quelque chose hurle dehors, une chose qui sans nul doute vient de mourir, bouffée par plus gros, plus rapide ou plus affamé qu'elle. Le cri n'a pas duré longtemps, le silence revient et aussitôt ce qui trotte dans les murs se remet à danser, ça ne s'arrêtera jamais, et je ne dormirai jamais. Brusquement, je prends conscience de la présence d'un réveil, quelque part. Une fois que je l'ai entendu, je n'arrive plus à chasser son bruit. TIC TAC. Très en retrait, une voiture passe, j'attends, je suis calme, sagement allongée, sur le dos, les bras repliés sur mon ventre, les doigts des mains entrecroisés, les orteils redressés, les talons calés contre le matelas ; le drap coincé sous mes épaules est tendu jusqu'à mes pieds. Je suis stable et immobile. Il serait dommage de bouger. Alors que je pense à ma position dans le lit, une image m'assaille : j'ai adopté la position d'un mort dans son cercueil. Je suis une statue à mon effigie. Un corps. Vite, je dénoue mes mains, allonge un bras, remonte l'autre. C'est stupide, je souris dans le noir, je cède à de confuses superstitions. Pour me prouver à moi-même que je n'ai rien à craindre, je reprends la position première, celle du cadavre. À la perfection, je mime le gisant, mains sur la poitrine, doigts entremêlés, front déplissé, joues tombantes et rictus bienveillant aux lèvres : on dit que les morts ont un petit sourire énigmatique, comme s'ils étaient soulagés de quelque chose, d'un poids enfin ôté. Je dois sourire exactement comme sourient les morts, le soulagement en moins.

Ça ne m'amuse plus, je cesse de sourire, me forge un visage grave que personne ne peut contempler. J'hésite à allumer la lumière pour tenter de lire, mais il doit être tard maintenant, je vais être claquée demain, je n'ai pas eu de message du lycée, mais logiquement les cours devraient reprendre. Au cas où j'ai mis mon réveil à sept heures et demie, je sortirai me connecter dans le jardin, il fera sans doute froid, et humide. Un nouveau cri coupe mes pensée, un couinement aigu ; une autre bestiole vient de se faire attraper, elle crie, crie, siffle et se débat, son agonie n'en finit pas. Dire qu'il y a des gens qui pensent la nature amicale. Dehors, dans le jardin, dans les bois alentour, dans les champs, c'est la guerre : les insectes se bouffent entre eux et les survivants sont bouffés par les rongeurs qui se font bouffer par les rapaces nocturnes. Un carnage est en cours alors que je cherche à trouver le sommeil. La nature, ce sont des animaux qui s'entre-dévorent, des combats incessants, des virus programmés pour se multiplier en détruisant leurs hôtes, des crocs, des griffes, des pinces, des sucs gastriques, des pièges, des toiles, des affuts, des guets, des attaques, des défenses, des mâchoires qui blessent, brisent, tuent, mangent.

J'attends le sommeil qui ne vient pas, et soudain je l'entends : la chose qui marche au grenier, celle qui imite le bruit des pas. Un craquement, un silence, un craquement, un silence. Le parquet vibre, un grattement s'amplifie. Un coffre ? une boîte ? une porte ? grince et s'ouvre, une masse est tirée sur le parquet, cette fois-ci je décide d'en avoir le cœur net. J'allume la lumière, d'un coup les bruits cessent. Par endroits les lattes du parquet sont disjointes, j'imagine que ce qui fait du bruit au-dessus de ma tête doit voir filtrer la lumière de ma chambre. J'hésite. En un sens, ce silence soudain me rassure. Ce qui marche là-haut a peur de moi, ce n'est pas une créature de l'au-delà, un fantôme. Je souris à mes propres idioties, me rallonge, trouve la poire de l'électricité, éteins. Ce qui bougeait au grenier demeure figé, je ferme les yeux, pense que jamais je ne serai capable de m'endormir, et m'endors d'un coup.

Lundi matin, première réveillée, pas un bruit en provenance de la chambre de Nono, pas un bruit dans celle de maman. Je m'habille chaudement, sors avec un torchon essuyer la rosée sur la table et la chaise en plastique. L'air est vif, le soleil déjà levé, une voiture passe au loin, je prends mon ordinateur, du papier, un stylo, enfile mon blouson, configure un partage de connexion, l'espace numérique de travail du lycée est buggé. Je tente plusieurs connexions et la même notification d'erreur s'affiche chaque fois. Je refais le chemin dans l'autre sens, range tout : l'école à distance sera pour plus tard.

Je ressors pour regarder mes messages. Parmi eux, je vois enfin le prénom que j'espérais sans me l'avouer. C'est étrange, c'est à l'instant où je vois apparaître le prénom d'Antoine que je comprends à quel point j'avais envie qu'il m'écrive. Il sait que j'existe, il sait qui je suis. Le message est long, très long même. Il me raconte son quotidien avec ses parents, m'annonce qu'il a décidé de tenir une sorte de journal durant tout le temps que durera cette crise. C'est vrai qu'Antoine est très doué pour écrire, il aime manier les mots, il sait trouver des points de vue originaux, je le soupçonne d'écrire beaucoup plus qu'il ne l'avoue. Le savoir actif et plein de projets me renvoie à ma propre immobilité. Il faut que je me secoue. Il faudrait que j'ose lui écrire que – moi aussi – je tiens un journal. Je repense au poème d'hier, j'hésite un instant avant de le lui envoyer. J'ajoute un smiley et je m'en veux de l'avoir fait, cela donne l'apparence que je ne crois pas en moi.

L'humidité me mord les pieds, je rentre dans la cuisine où je trouve maman sirotant un thé, elle s'est levée sans que je la remarque. Pendant que chauffe mon lait, je lui explique qu'il est impossible de lire les messages de mes professeurs. Tout à l'heure, elle sortira pour savoir si l'institutrice de Nono a envoyé des devoirs. En dehors de l'école à domicile pour mon frère, je ne sais pas trop comment elle compte occuper ses journées. Maman est vendeuse dans une boutique d'encadrement, à Nantes. Elle reçoit les gens, les conseille sur le type de cadre, sur les maries-louises, les différents verres, ordinaires ou antireflet, l'accord des couleurs. Le genre d'activité qui ne peut pas se faire en télétravail. La boutique a fermé, maman est au chômage, elle ne sait pas si elle retrouvera ou non son emploi. Elle sort, rentre au bout d'une minute, répond à mon regard interrogatif qu'elle a reçu trois pages d'exercices de mathématiques et de français pour Nono, plus une poésie à apprendre. *Te voici institutrice*, je ris, elle roule des yeux.

Je m'habille pour courir. Mardi, il sera interdit de faire du sport à plus d'un kilomètre de son domicile ; pour l'instant, je suis encore libre, j'ai besoin de me vider la tête, courir m'aidera à me recentrer. Courir m'aidera aussi à réfléchir à ce que je vais pouvoir écrire à Antoine. Je ne pourrai pas toujours me cacher derrière un poème. Sur le palier, j'aperçois de la lumière dans l'escalier raide qui monte au grenier. Maman a dû aller farfouiller là-haut, il faudra qu'à mon retour je lui parle des bruits que j'entends chaque nuit. J'enfile un short, je mets un vieux sweat, je redescends et je me lance dans le froid vif du matin. Deux expirations brèves, une longue, je pars à l'opposé d'hier, je lutte contre l'empâtement hébété de l'angoisse; cette torpeur qui lave mes pensées m'empêche d'avoir les idées claires. Je saute un fossé et coupe à travers champs, sur un chemin de terre où une crête d'herbes sauvages sépare deux sillons. À petites foulées, je cours, je repense à Antoine, à sa fugue lorsque nous étions au collège. Il ne s'en vante pas, mais je m'en souviens très bien. On le regardait de loin, on commentait sa course, sa photo était passée dans les journaux, il était une sorte de héros, discret, les yeux baissés ou cachés sous les mèches rebelles de ses cheveux. La veille de ma rentrée, en septembre dernier, j'ai cherché sur Internet le nom des élèves de ma classe et j'ai remarqué qu'il serait avec moi. Je ne sais pas trop à quoi je m'attendais, je ne lui avais jamais adressé la parole. Au quotidien, il est plutôt calme et très réservé, pas le genre à se faire remarquer. Je ne sais pas s'il repense de temps en temps à sa course folle. Il sourit rarement, il est grave, toujours très grave. J'ai envie d'écrire un texte sur la course, un sonnet, que je lui enverrai. Et tant pis s'il me trouve bizarre avec mes poèmes d'un autre siècle. J'approche de la cour d'une ferme, le chemin est une impasse, un chien aboie, je ne traîne pas pour savoir s'il est attaché ou libre, je fais demi-tour, je repars dans l'autre sens, retrouve la route que je longe un long moment. Une voiture me double, une seule, je me concentre sur mon souffle, j'avance, la chaleur augmente, il va faire beau aujourd'hui, j'assemble deux vers de mon poème mais je les oublie cinq minutes plus tard: il me faut du papier, un stylo, je vais rentrer, j'écrirai après ma douche.

Plus lentement, au trot, je quitte mes pieds des yeux pour scruter les champs, les bois, les herbes hautes le long des fossés, les clôtures aux barbelés rouillés à moitié avachis, le ciel sans un nuage, tout ce calme qui paraît irréel et si loin de mon quotidien.

Ce que j'aime dans la course à pied, c'est l'absence,
je régule mon souffle, j'inspire, j'expire,
je me transforme en une machine qui respire,
et je n'ai plus besoin d'autre connaissance.

Quand je cours, je suis vidée, je ne pense plus,
mes soucis, mes angoisses, mes complexes, mes frayeurs
restent au loin, enfouis, perdus, oubliés, ailleurs.
J'avance comme délestée des lourdeurs, du surplus.

Mon souffle lent et profond se règle sur mes pieds.
Mes poumons se gonflent, l'air du matin entre en moi,
je traverse les chemins, me faufile dans les bois,

je me métamorphose, je deviens un gibier,
une biche, un lapin, un animal sauvage.
Quand je cours, j'ai mon vrai visage, sans maquillage.

Le poème, bien sûr, je ne l'ai pas envoyé puisque Antoine n'a pas répondu au précédent, et la journée lentement est devenue une soirée. La crise se produit après le repas, au moment où maman ordonne à Nono de lâcher les jeux vidéo pour aller se coucher. Nous sommes toutes les deux en bas, dans le salon, le nez dans un bouquin bien que maman lise vraiment alors que j'ai de la peine à m'installer dans un roman, je relis plusieurs fois chaque ligne, j'avance d'un paragraphe et je réalise brusquement que je pense à autre chose, je suis distraite, pas un seul mot ne s'imprime dans mon cerveau. Un cri retentit à l'étage, on se précipite toutes les deux dans l'escalier. Nono est sur le palier, en larmes. J'ai couru plus vite que maman mais je la laisse le prendre dans ses bras, elle lui demande ce qui se passe, il s'étouffe à moitié, n'arrive pas à répondre, avale ses mots. Doucement, maman le berce, elle l'examine, il n'est pas blessé, elle cherche à comprendre. La lumière de la chambre est allumée, j'y entre avec en tête l'image de la bestiole morte éclatée sur le mur du salon, mais non, je ne vois rien d'anormal, je regarde sous le lit, derrière la porte, rien. Quand je ressors sur le palier, Nono a retrouvé son souffle, il parle de Basile, explique que son doudou a disparu. Avant le repas, il est certain de l'avoir posé sur son oreiller, or il n'est plus là. Je laisse maman le consoler, je retourne dans la chambre, soulève les couvertures, regarde entre le mur et le matelas, le doudou n'est nulle part. J'ai une idée, je ressors, maman m'interroge du regard. *Nono,* je demande, *tu es certain de l'avoir pris avec toi, il n'est pas dans la cabane?* Nono me répond qu'il n'est pas bête comme moi, il sait ce qu'il fait. Visiblement, son chagrin est en train de passer, je souffle mais j'y vais quand même, je récupère mon téléphone dans le salon, la nuit est tombée dehors – ce n'est pas encore la nuit noire –, le ciel est couleur cendre. J'allume la lampe sur mon téléphone, contourne la maison, quelque chose détale dans les buissons, je braque le faisceau dans cette direction, trop tard, je n'aperçois rien. À quatre pattes, je passe par le couloir de branches et me faufile sous le grand cèdre, le doudou n'est pas là ; machinalement, je récupère un magazine oublié par Nono qui aurait sans doute mal supporté l'humidité de la nuit et je ressors en maudissant mon frère. Avant de remonter, je ferme la porte d'entrée à double tour, et vérifie que la porte-fenêtre de la cuisine est verrouillée elle aussi. J'entends qu'à l'étage maman discute avec lui, je fouille dans la cuisine, dans le salon, impossible de mettre la main sur le chiffon-peluche puant. En haut, Nono est dans son lit, maman s'apprête à lui lire une histoire. Je suis bien obligée d'avouer mon échec. *On trouvera Basile demain, sans le chercher,* déclare maman, *c'est toujours comme ça.* Nono ne pleure plus mais il renifle encore un peu, je hausse les épaules de façon fataliste. Qui peut savoir où cet enfant a oublié son doudou? Je me dépêche de me laver les dents et de me mettre en pyjama, j'ai un pressentiment sur la suite de la soirée. Sitôt maman couchée, des pas courent jusqu'à la porte qui sépare ma chambre de celle de mon frère. Passent une quinzaine de secondes, je l'imagine regardant la poignée avec la certitude de se faire engueuler s'il la touche. Je préfère être dérangée maintenant qu'au milieu de la nuit, je l'appelle à voix mi-basse et aussitôt la porte s'ouvre. Je le préviens que, s'il bouge, s'il tousse, s'il grince des dents en dormant ou s'il ose me parler, je le flanque dehors ; il m'adresse un regard de chaton orphelin qui aurait erré la journée entière sans manger sous une pluie diluvienne, il a gagné, je lui fais signe d'entrer dans mon lit et, comme il garde son air pathétique, il faut bien que je le chatouille un peu.

Je ne sais pas si – cette nuit – les rongeurs ou les fantômes s'en donnent à cœur joie dans le grenier, je dors.

Dans la cuisine, maman est immobile, de dos, elle ne m'a pas entendue arriver, pourtant l'escalier craque, les portes grincent ; je l'appelle doucement, il n'est même pas huit heures, je me suis réveillée tôt, Nono là-haut dort encore. Lentement, maman se retourne, elle tient quelque chose dans ses mains, je m'avance, et je comprends : Basile. C'est Basile qu'elle serre entre ses doigts, ou du moins ce qu'il en reste : le doudou est en lambeaux, il n'était déjà pas très beau, mais il ne reste presque plus rien de lui, il est lacéré, la bourre a disparu, le tissu est partout déchiré, taché. D'une voix blanche, maman explique qu'elle l'a trouvé en se levant, dehors, sur les marches de l'entrée. J'ai un flash de la bestiole éclatée contre le mur dans le salon. Quel animal s'acharnerait sur un bout de chiffon ? Nono était sûr et certain de l'avoir glissé dans son lit hier soir. Une bête l'aurait dérobé pour le déchiqueter avant de l'abandonner devant la maison ? C'est absurde. Les animaux chassent pour se nourrir, pas par jeu, ou pour faire peur. Je garde mes questions, pense à mon frère : déjà qu'il est flippé, le massacre de Basile ne va pas l'aider à passer de bonnes nuits. Il l'aura laissé dans sa cabane sous l'arbre, dit maman. Je sais que c'est faux, j'ai fouillé partout hier soir, mais je n'ai pas le temps de protester, ça craque à l'étage. Nono est réveillé, ma mère croise mon regard, elle ne sait trop que faire, très vite une porte claque, maman ouvre le placard de la cuisine et dissimule le doudou sur la plus haute étagère ; je la comprends, mieux vaut lui laisser croire que Basile a glissé quelque part sous un meuble plutôt qu'annoncer qu'une bestiole l'a volé dans sa chambre pour le mettre en pièces et l'installer bien en vue ce matin. Elle a à peine le temps de refermer le placard que Nono déboule au pas de course et demande s'il peut avoir des céréales, sans prendre la peine de nous dire bonjour. Il se jette sur une chaise, lève les yeux vers nous, veut savoir si on a retrouvé Basile quelque part. Nous détournons l'une comme l'autre le regard.

La dispute, énorme, éclate juste après, alors que je rentre dans la cuisine après avoir vérifié la messagerie du lycée sur mon téléphone. Ce matin, certains profs ont envoyé des devoirs par leur boîte mail perso, le site du lycée étant toujours buggé, il a saturé en raison de trop fortes connexions. J'ai entendu à la radio hier que les enseignants s'étaient adaptés et donnaient les cours par visioconférence, ça m'a fait doucement marrer ; en regardant sur les réseaux sociaux j'ai surtout vu que les profs ne parvenaient pas à se connecter et que les serveurs plantaient. Le visage de ma professeure d'histoire-géographie est passé devant mes yeux : en classe, elle est incapable de projeter un document depuis son poste, dès qu'elle a besoin d'utiliser l'ordinateur, elle demande à un élève de venir à sa place, elle n'a jamais répondu à un seul mail, je pense qu'elle ne va pas nous accabler de travail et d'appels vidéo. Quand je rentre dans la cuisine, j'ai mes devoirs en tête : des exercices de maths, un texte à lire en anglais, et en français on nous demande de tenir un journal sous forme libre. Je n'ai pas le temps d'ouvrir la bouche que maman me saute littéralement dessus, elle est furieuse : il me faut quelques secondes pour comprendre ce qu'elle me reproche. Je suis trop grande pour dormir avec mon frère, elle crie, je ne dois plus accepter qu'il vienne dans mon lit le soir. Je mets un peu de temps pour réaliser qu'elle est sérieusement en colère, Nono a plongé la tête dans son bol de céréales, il se retient de pleurer et maman continue de crier qu'il a sa chambre, moi la mienne, il n'est plus un bébé pour venir se réfugier dans le lit de sa sœur. J'ai envie de répondre que moi aussi je préférerais dormir seule, sans mon frère qui fait des bonds pour s'endormir. Mais je sens qu'il faut faire profil bas comme chaque fois que maman s'énerve. Pourtant, la colère l'emporte, j'ai des devoirs, j'ai ma vie, je réconforte mon frère comme je peux, et rien ne va. *D'accord*, je dis, *tu n'as qu'à retrouver son doudou et il aura moins peur.* Je sais que l'argument est perfide, tant pis, je monte dans ma chambre, les portes frottent trop pour être claquées, c'est bien dommage.

Allongée sur mon lit, il me faut un bon quart d'heure pour me calmer, je déteste quand maman s'énerve comme ça, de façon imprévisible, pour une raison qui me paraît futile, je veux dire. Quand Nono a mis le feu au micro-ondes ou quand je cachais mes mauvaises notes en imitant la signature de papa au collège, elle avait de vrais motifs pour se mettre en colère, c'était logique, normal. Là, je ne vois pas ce qui la rend furieuse ; au contraire, je mériterais une médaille pour avoir supporté mon frère, je l'ai pris avec moi pour qu'il n'aille pas la réveiller, elle. Je déteste l'injustice, la colère de maman me semble injuste.

Plus un bruit en bas, je suppose que Nono doit faire de son mieux pour se rendre invisible. Je relis les messages chargés sur mon téléphone. Au lycée, Mme Kaplan aime bien nous proposer des exercices d'écriture, elle dit qu'apprendre l'orthographe, la grammaire et l'analyse de textes sans essayer soi-même d'écrire, c'est comme apprendre à démonter et à remonter un saxophone sans jamais souffler dedans pour essayer d'en tirer une note. Tenir un journal ? Il est hors de question que je fasse lire ce journal dans lequel je jette mes pensées et mes émotions. Je réfléchis et je repense aux sonnets de la boîte aux lettres et de la course. Je tiens peut-être une idée... Comme je ne sais jamais trop quoi écrire, cette forme ultra rigide est parfaite. Je repense aux gâteaux que, plus petite, j'aimais faire, des trucs bourratifs et simples, genre gâteau au yaourt ; le sonnet est une sorte de moule en silicone. Je n'ai que la pâte à préparer, quoi que je mette dedans, il aura la même forme, seul le goût sera différent. J'arrête là mes comparaisons idiotes. J'ouvre un classeur et je commence à compter les syllabes. Au-dessus de ma tête, dans le grenier où je ne suis toujours pas montée, le silence absolu règne. Les bestioles qui vivent là-haut n'aiment sans doute que la nuit. Comme les fantômes.

Parfois, j'ai l'impression que la demeure m'observe.
Haute et grise, sa façade ressemble à un visage,
une tête de vieux, aigri, méchant et sans âge,
qui rumine, complote, réprouve, maudit, conserve

sa colère contre nous autres, humains, qui osons
l'ennuyer de nos bruits, nos allées et venues ;
nous qui ne sommes vraiment pas les bienvenus.
Elle nous déteste et nous méprise, cette maison.

Nous sommes pour elle ce que les puces sont au chien :
des parasites, de la vermine qu'elle voudrait
exterminer si elle en trouvait le moyen.

Elle voudrait nous avaler, elle nous dissoudrait
dans son gros estomac acide et corrosif,
elle lâcherait plus tard un rot explosif.

Les sous-bois conservent la fraîcheur, partout des bestioles détalent à notre passage, les broussailles craquent, s'ouvrent et se referment sans jamais laisser entrevoir ce qu'elles dissimulent. Je n'aurais pas dû, je sais bien, mais j'ai commencé à faire peur à Nono, alors je continue. Je voulais me promener seule, maman lui a suggéré de m'accompagner et j'ai bien compris que la suggestion n'en était pas une, je n'ai pas trop le choix. Maman est fatiguée d'avoir fait l'école, Nono ne la lâchait plus. Comme il s'ennuyait et tournait en rond, j'en ai hérité. On a rempli des papiers au cas où. Des papiers idiots qui expliquent que l'on se promène, comme si une chose écrite était plus importante qu'une chose dite. Et j'ai embarqué Nono dans la forêt.

Comme il parle tout le temps, nous ne risquons pas de croiser un chevreuil ou un lapin, à moins de tomber sur un animal sourd. Nono me raconte ce qu'il fera quand on rentrera chez nous dans dix jours ; je me tais, je ne veux pas lui casser le moral. Il semble avoir renoncé à installer l'électricité sous le cèdre, il se demande s'il ne serait pas possible de creuser un grand trou qui se remplirait d'eau à la prochaine pluie et dans lequel il pourrait élever des poissons. Je lui dis que c'est une très bonne idée mais qu'il est hors de question que je touche à une pelle pour l'aider. Puis, comme quelque chose de gros détale pas loin de nous, j'en profite pour lui parler des vieux sangliers agressifs aux défenses tranchantes. À moins qu'il ne s'agisse d'un loup… Je lui conseille de fermer sa bouche pour ne pas attirer l'attention. Ça marche un moment, deux ou trois minutes peut-être, avant qu'il ne reprenne son bavardage. Je suis sauvée par un nouveau bruit de course-poursuite dans un taillis, le loup se rapproche. Et Nono contre tout attente vient se serrer contre moi ; je comprends un peu tard qu'il est vraiment terrifié, m'excuse, explique qu'il n'y a pas de loups ici et qu'ils n'attaquent pas les hommes. Ni les enfants, j'ajoute. Sans un mot, Nono glisse sa main dans la mienne, ses doigts sont glacés. Le sous-bois est très sombre, la lumière perce çà et là les frondaisons et des faisceaux de soleil dessinent des constellations de taches au sol ; la forêt sent la moisissure, le vieux champignon. On fait demi-tour avant que mon frère ne pique une crise. Quand on arrive à la maison, il se précipite vers maman, plongée dans la lecture d'un roman sous le grand chêne, pour lui demander si des loups vivent dans le coin. Et elle répond oui, il y avait des loups quand elle était petite. Décidément, elle est parfois pire que lui. Je les laisse se débrouiller, je prends mon portable et marche jusqu'à la route, là où le réseau est le plus fort.

Rien à signaler, encore. Des amies font des gâteaux, d'autres dorment douze heures par jour, certaines se sont mise au sport, toutes passent des heures à regarder des films ou des séries. La routine.

Je ne sais d'ailleurs pas ce que j'attends comme message. Quelqu'un qui prendrait la peine de lire un poème idiot pour y répondre ?

Souvent, trop souvent, quand nous sommes en groupe, j'ai l'impression que je passe mon temps à me justifier : une fille, à mon âge, cherche la présence réconfortante des garçons, elle veut l'amour absolu, elle a déjà décidé de son orientation et de sa carrière. Parfois, j'écoute parler certaines amies, des filles que j'aime bien, mais leurs plans de chasse au garçon, leurs certitudes sur l'avenir, ça dresse comme un mur entre elles et moi.

Fatou n'échappe pas à la règle. De mes amies proches, c'est sans doute la plus terrible, elle change de copain plus vite que je n'arrive à en tenir le compte. Longtemps, je me suis interrogée sur son attitude. Fatou, elle est capable de m'offrir un badge : MON CORPS / MON CHOIX et de passer trois heures à se lisser les cheveux et à se maquiller pour courir à un rendez-vous avec un abruti qui l'intéresse à peine.

J'ai fini par cesser de m'interroger le jour où j'ai entrevu qu'il fallait simplement se respecter. Et respecter les autres. Chacun fait comme il peut, comme il a envie, comme il veut.

Je vérifie mon téléphone. Calme plat.

J'ai seize ans, je n'ai pas de meilleure amie, pas de petit copain, je ne sais pas ce que je veux faire plus tard, je ne me passionne pas pour un sport ou un loisir particulier. J'ai seize ans et je ne vois vraiment pas qui pourrait s'intéresser à moi.

En janvier, une conseillère d'orientation nous a fait remplir des petites fiches sur lesquelles on devait inscrire quel métier on souhaitait faire plus tard et le niveau d'étude que l'on visait. J'ai répondu que j'hésitais encore entre juste passer le bac et devenir magasinière à Super U ou continuer jusqu'au master pour vendre des crédits relais dans une agence bancaire. Je n'ai plus jamais entendu parler de cette fiche et de son contenu.

Je coupe-colle le sonnet de la course et je l'envoie à Antoine.

Un oiseau gueule à un volume assourdissant, il hurle une série de cinq trilles de plus en plus longs, s'arrête pour reprendre son souffle, repart pour une série de cinq. Je plisse les yeux à sa recherche, les branches du chêne se découpent en ombre chinoise sous la lumière du ciel, je ne le trouve pas, je l'entends juste, son vacarme pourrait finir par me donner mal au crâne. Je l'imagine minuscule, compensant sa taille par le volume de son chant. Je suis grande, je l'ai toujours été, c'est peut-être pour ça que l'on me trouve discrète et silencieuse.

Maman est dans la cuisine, Nono a disparu, je lui propose mon aide, dresse la table dehors, et c'est elle qui reparle de cette histoire de loups. Elle raconte que, quand elle était petite, les champs alentour étaient moins vastes, il restait des fermes familiales qui pratiquaient l'agriculture et l'élevage, des exploitations modestes, avec juste une dizaine de vaches, des poules, des canards, des oies, des dindons. La volaille attirait les prédateurs comme les renards, mais aussi les loups. Elle arrête là son histoire. Je lui demande si elle en a déjà vu dans sa vie.

Jamais.

Ce n'est pas un hasard si ce lieu-dit se nomme La-Gueule-du-Loup, elle conclut d'autorité.

Petit à petit, on en vient à reparler de son enfance dans cette maison. Elle me regarde un instant, la lumière dans la cuisine accentue les rides sur son front, je n'avais jamais remarqué à quel point son visage paraît fatigué : des cernes noirs soulignent ses yeux, ses joues se sont vidées. Je ne sais pas si les marques étaient là avant que l'on arrive ou si quelque chose de nouveau s'imprime peu à peu sur ses traits. Maman souffle lentement, comme avant un effort, et elle m'explique la distance, c'est le mot qu'elle emploie : distance. Ses parents ne l'ont jamais maltraitée, ils étaient juste distants. Tout en parlant, elle soupire régulièrement. *C'est loin*, dit-elle. *Les souvenirs à force deviennent brumeux, confus.* À l'entendre, ses souvenirs ont fondu en une sorte de pâte, elle retient peu de choses, les dates s'emmêlent parce que les jours se ressemblaient : longs et ennuyeux.

J'ose lui demander si elle a été malheureuse. Elle arrête ses mouvements, me répond qu'il serait exagéré de dire une chose pareille. Elle avait à manger, elle avait des vêtements, des jouets. Personne n'aurait pensé qu'elle était une petite fille malheureuse. C'était ailleurs que cela se jouait. Elle était seule, triste et seule. Elle ne pouvait rien partager avec son père et sa mère. Quant à son frère…

Le four sonne, maman sursaute, je n'ai pas envie que la conversation s'arrête là. J'insiste : *Ton frère ?*

C'était un autre problème, me répond-elle. *Mon enfance, je la revois grise, comme étouffée sous une chape de tristesse et de gestes retenus. Une enfance à contenir les mots comme les élans. Mais malheureuse, non. Mon père n'a jamais levé la main sur moi, je n'ai pas le souvenir d'avoir été grondée une seule fois.*

Tandis que moi, quand je fais une grosse bêtise, même si je ne fais pas exprès, avec papa vous me grondez chaque fois, fait une voix dans mon dos.

J'ai sursauté, Nono se tient à la porte d'entrée. Il a son air de chien battu, je ne sais pas depuis combien de temps il nous écoute. Maman se ressaisit, la conversation est finie.

Je crois que j'aurais préféré être engueulée, dit maman. *Cela m'aurait prouvé que j'existais.* Et elle ouvre le four. *À table*, s'écrie-t-elle joyeusement, *le passé est le passé.*

Contre toute attente, le repas est joyeux, on rigole, les oiseaux chantent à tue-tête au-dessus de nous – je ne réentends pas celui qui hurlait par-dessus les autres tout à l'heure. À un moment, une crotte tombe sur la table, juste à côté de l'assiette de Nono qui prend l'air le plus dégoûté du monde même si on voit bien qu'il a envie de rire. Quelque chose s'est dénoué, l'air est plus léger. Il n'y a que lorsque mon regard se porte sur la maison que le malaise diffus revient, quelque chose attend son heure, une chose sournoise, tapie. Malveillante. L'atmosphère devant la façade vibre d'une menace contenue.

Pauvre fille, je pense, tu te fais des films.

Puis, à un moment, nous enregistrons une vidéo pour l'envoyer à papa, nous rions, Nono zoome sur la crotte d'oiseau. J'espère de tout cœur que papa pourra partager nos rires. C'est une sensation étrange : je sais qu'il sera heureux de nous voir nous amuser, et je culpabilise un peu, il est loin, exposé à la maladie, seul, et nous rions sans lui.

Après avoir débarrassé, Nono est reparti s'enterrer dans sa cabane de peur qu'on ne lui demande de faire la vaisselle. J'aide maman à tout ranger, nous sommes dans la cuisine, avec son papier peint hideux à grandes fleurs orangées.

Tu es contente ? je lui demande, et je précise : *contente de revenir dans la maison de ton enfance ?*

Maman est devant l'évier, je ne vois pas son visage, elle est penchée en avant. *Je n'en sais rien*, elle répond. *Je croyais que j'avais oublié, mais les souvenirs sont imprimés dans les motifs du papier peint. C'est comme si j'étais la seule à savoir les lire. Gamine, des heures, j'ai fixé ces murs, jusqu'à ce que les fleurs bougent et que je sois capable de traduire les messages cachés dans l'entrelacement de leurs tiges. C'était comme un alphabet rien qu'à moi.*

Un temps, je reste muette. Je me revois regarder le papier peint de la chambre jusqu'à avoir l'illusion qu'il bouge. Maman se tait, fait couler de l'eau.

Ma pauvre maman, je plaisante pour me rassurer moi-même, *tu devais terriblement t'ennuyer pour penser à des trucs pareils.*

Peut-être, sans doute. Mes parents travaillaient énormément, ils étaient peu présents à la maison, je passais beaucoup de temps seule avec mon frère.

Elle se tait à nouveau, récure le plat.

Tout ici est définitivement lié au passé, même l'odeur de la maison.

Je lui fais remarquer que ça ne sent pas seulement le renfermé. Il y a une autre odeur en dessous, une odeur presque imperceptible, elle hausse les épaules. Semble ne plus avoir envie de parler, alors je continue.

C'est bizarre, je dis, *d'avoir gardé une partie des vieux meubles de tes parents. Ce sont peut-être eux qui puent.*

Maman s'essuie les mains, la maison est si grande qu'elle n'a pas eu la force de la vider pour racheter de nouveaux meubles. Tout ici paraît sans âge, les meubles cirés, les tapis sous les fauteuils, la collection d'assiettes sur le manteau de cheminée ; la maison est un musée, pétrifié.

Et les fleurs des murs en sont les gardiens, je dis pour la faire sourire.

Ne te moque pas, fait maman. *Au moins, quand je regardais bouger les fleurs, je n'avais pas l'œil rivé pendant des heures sur l'écran d'un téléphone.*

La maison a appartenu aux parents des parents des parents de ses parents. Et ainsi de suite, jusqu'à des générations oubliées, elle ne sait plus quand cette maison est entrée dans la famille. Lorsqu'elle était petite, elle avait un jour ouvert les armoires et déplié des draps brodés, elle avait longtemps regardé les initiales. Cela se faisait autrefois, les jeunes filles préparaient un trousseau pour leur futur mariage : c'étaient elles qui fournissaient les draps et les serviettes quand elles trouvaient un mari. Elle imaginait les mains d'aïeules disparues depuis des dizaines d'années brodant leurs initiales sur le revers des linges. À quoi pensaient-elles, ces jeunes filles ? Étaient-elles heureuses à l'idée d'un jour s'étendre dans leurs draps brodés aux côtés d'un homme ? Avaient-elles peur ? Autrefois, on ne racontait rien de ce qui se passait au lit une fois que l'on était marié. La sexualité était taboue. Pourtant, ces jeunes filles devaient savoir qu'un mystère les attendait. Dans les fermes, elles voyaient les animaux s'accoupler, elles en parlaient peut-être entre elles.

Une fois son inspection terminée, maman avait soigneusement replié et rangé les draps. Plus tard, elle avait demandé à sa mère de qui étaient les initiales cousues sur les linges de l'armoire, et sa mère n'avait pas répondu. Elle n'a jamais su si c'était par agacement de constater qu'elle fouillait partout ou si – tout simplement – elle-même n'était plus capable de dire qui avait brodé les initiales. Les jeunes filles rêveuses, impatientes ou anxieuses avaient disparu, le passé était une poussière fine, et plus personne n'était capable de deviner quel nom ou quel visage se cachait derrière ces deux lettres entrelacées.

J'accompagne maman dehors, la chaleur reste toujours clouée au seuil de la maison, il fait frais dans la cuisine, très chaud sur la terrasse. Je lui pose une question plus intime, j'aimerais comprendre pourquoi on n'a jamais vu papi et mamie. On connaît les parents de papa, ses deux sœurs, on a même passé des vacances avec eux. Elle me redit que ses parents étaient lointains, qu'ils n'ont pas demandé à voir leurs petits-enfants. *Ce que l'on fait, là, parler toi et moi, c'était impensable avec ma mère*, dit-elle. *Et encore moins avec mon père. Quand ils ont su que j'étais enceinte, ils ont dit « Ah bon », et il n'en a plus été question.*

Et ton frère ? j'insiste.

Maman marche, je la suis, la chaleur nous tombe sur la nuque dès que nous quittons l'ombre du grand arbre.

Son frère faisait sa vie.

Je me tais, je ne veux pas l'agacer avec mes multiples questions. À la mort de ses parents, elle s'est occupée seule de leur enterrement. Maman regarde le sol, au loin, le chemin, la route que l'on devine, jamais elle ne s'aventure vers mes yeux. Son frère n'a même pas demandé sa part de la maison. Son frère n'a jamais rien fait de bon, il n'a pas intérêt à se ramener maintenant. Elle s'arrête, sa voix tremble un peu. Elle ignore où il peut bien être, elle n'a aucune nouvelle et elle ne cherche pas à en avoir.

Nous sommes arrivées à la route, nous faisons demi-tour pour ne pas laisser Nono tout seul, maman accélère le pas, les confidences n'iront pas plus loin. Je prends un peu de temps pour répondre à quelques messages. À mesure que le site du lycée est réparé, les exercices se mettent à pleuvoir. Pas de cours en vidéo pour l'instant, juste des PDF à lire, des pages et des pages qui me semblent une montagne impossible à escalader. Je n'arrive pas à me concentrer sur les cours, ça me paraît absurde. Je suis à des centaines de kilomètres de ma vie et de mes amis, je ne sais pas de quoi demain sera fait, et il faudrait que je résolve des équations ? J'ai l'impression que l'on me fait une plaisanterie. J'ai aussi l'impression d'être nulle. Sur les réseaux sociaux je vois passer des centaines de messages ultra positifs : il faut se réinventer, il faut en profiter pour s'améliorer, il faut se donner des défis à relever, il faut aller de l'avant, il faut lire, étudier, créer. J'ai juste envie de me mettre en boule dans le lit, d'aller courir au moins une fois par jour, d'écrire des poèmes un peu cons-cons sur mon état d'esprit, et de recevoir des messages de la seule personne qui ne m'écrit pas. C'est grave ?

Mon souffle,

lent et profond,

d'une exemplaire régularité,

un souffle métronomique sur lequel il serait possible de décompter la trop molle avancée du temps,

je l'écoute,

ça m'occupe.

J'écoute le souffle qui va et vient, posé.

Je compte.

1,

2,

3,

4,

5…

Une expiration toutes les cinq secondes environ. En restant attentive plusieurs minutes et en chronométrant pour faire la moyenne, j'en serai certaine. Je compte un moment, puis renonce, je n'ai pas l'esprit aux chiffres, mes idées s'embrouillent facilement.

O_2 à l'aller ↔ CO_2 au retour, je repense aux cours de sciences naturelles.

Un souffle-machine, souffle-vie, souffle-basique. Grande combustion de l'oxygène.

Je gratte ma cuisse gauche, le souffle charrie, tranquille, l'air de la vie. Un peu plus d'un demi-litre par inspiration, je l'avais appris en classe, je me souviens de tellement de choses. C'est la nuit. Les volets sont tirés. Aucune clarté ne pénètre dans la chambre, je n'arrive pas à m'endormir. J'entends des pas dans l'escalier, des allers et retours, maman fait je ne sais quoi. C'est le grand silence du côté de la chambre de Nono, il reste dans son lit, il a compris la leçon ; il faudra qu'à un moment où un autre on lui avoue ce qu'est devenu son doudou.

J'ai envie de me relever pour savoir ce que fait maman. Il vaut mieux attendre. Attendre. Je m'obstine à ne pas bouger. Pas même d'un millimètre. Pourrai-je ne pas bouger durant les sept prochaines heures ? Je ressens des démangeaisons : le long de la jambe, au niveau du mollet, au creux des reins, à l'intérieur des bras. Je me demande s'il n'y a pas des puces dans le lit, et sitôt la question formulée les démangeaisons augmentent, elles deviennent insupportables. Des formications transformées en véritables brûlures. N'y tenant plus, je me gratte, me tords. Le lit craque.

L'insomnie, ai-je lu quelque part, peut être causée par une hyperactivité de la pensée. Mais ne pas penser ? Comme s'y prendre ? C'est impossible, un cerveau qui ne pense pas est mort, alors il faut dompter la pensée, la conduire, sereine, vers des chemins apaisés. Je dois m'imposer une discipline : je me force à respirer lentement, à vider mon esprit. Je me demande ce que fait papa à cet instant, il n'a pas répondu à notre vidéo, il doit certainement être à l'hôpital, il enchaîne les gardes. Sans Internet ni télé je me sens coupée de tout. À la radio, ce matin, j'ai entendu que dans l'est de la France la situation échappait à tout contrôle.

Stop.

Si je me mets à cogiter à propos de ce genre de choses, je ne vais pas fermer l'œil de la nuit. Je respire. Et mes amies ? Fatou, Lucie, Célia ? Je me demande ce qu'elles font ce soir, à cette seconde précise.

Le soir, d'habitude, je navigue sur les réseaux, je poste peu, mais je regarde, je like, j'envoie quelques messages jusqu'à ce que le sommeil me rattrape. La pensée que je suis peut-être en manque me frappe soudain. On a eu des cours sur les addictions à l'alcool, au tabac et aux drogues. Peut-on développer une accoutumance au téléphone ?

Sans doute.

Bêtement, je prends le téléphone dans ma main, je le déverrouille. Pas de message, aucun réseau.

Je m'en veux, je ne sais pas ce que j'ai espéré.

Je referme les yeux.

Plus un bruit dans la maison, maman a cessé ses allers et retours. J'ai été trop distraite pour noter si elle est encore en bas ou si elle s'est enfin couchée.

En esprit j'imagine le grand chêne dans le noir, le bloc sombre de la maison, la cabane de Nono sous le sapin. La route, les bois, le village au loin, le dos de l'église trapue, l'obscurité puisque l'éclairage public s'éteint à vingt-trois heures, les façades fermées, les ombres.

Le panneau rouillé, La-Gueule-du-Loup.

Et le loup ?

Je réentends maman nous dire qu'il y avait des loups dans la région lorsqu'elle était enfant, je revois la bête morte dans le salon, le doudou de Nono déchiqueté. Quel genre d'animal se glisserait dans la maison dès que l'on détourne le regard ?

Stop.

À nouveau, je m'engage dans une impasse, il faudrait que je parvienne à canaliser mes pensées.

Je me force à adopter le point de vue d'un oiseau. Je vole haut dans le ciel, juste sous les étoiles, je regarde le sol, ma vision n'est pas gênée par la nuit. Je vois les champs, les bois, des immensités agricoles, des routes fines qui quadrillent la campagne, des rivières qui serpentent, je remonte vers ma ville, les rues désertes, je monte encore, je vois toutes les villes en même temps, des pays entiers, tant et tant de choses, les gens enfermés chez eux tandis que la maladie invisible parcourt les rues, les gens regardant par la fenêtre le trottoir lavé de sa familiarité par la menace, les gens qui parlent chez eux, qui regardent la télévision, qui s'aiment, se battent, mangent, ou tournent en rond. Les gens qui pensent au virus présent jusque dans les caniveaux, sur les poignées de porte comme sur les interrupteurs, le virus flottant dans les vents nocturnes, sournois, hors de portée des regards, incolore, inodore, silencieux. Tant de gestes et d'événements à chaque seconde. Ceux qui naissent, ceux qui meurent. Il y a une phrase qui est toujours vraie : il suffit de dire qu'à cet instant quelqu'un meurt quelque part. Synchronismes et simultanéités, je vois des millions d'actes engendrés chaque seconde, un infini. Il faudrait des milliards d'histoires pour rendre compte d'une seule seconde, des histoires par bataillons entiers pour dire les drames et les joies engendrés par cette seconde.

Tandis qu'au-dedans, dans ma chambre, en ce moment, par exemple, que décrire ? Mon souffle, une vague démangeaison dans le dos, l'attente du sommeil qui ne vient pas, l'obscurité totale (j'ai rouvert les yeux pour en juger). Une veine qui palpite à mon cou, presque rien en comparaison du foisonnement riche du dehors.

Et là, un grattement au grenier, encore, une lame de parquet grince, quelque chose bouge. Les battements de mon cœur sont brusquement plus vifs, le sang bat à mes tempes. Une chose se déplace, un objet minuscule heurte le sol et roule. Une graine ? Une bille ? Les bruits à nouveau imitent à la perfection ceux que produirait une personne marchant sur la pointe des pieds. Je retiens mon souffle. Je suis devenue une oreille, j'ai instinctivement remonté le drap jusqu'à mon menton. La chose – l'animal ? – qui se déplace au grenier farfouille quelques minutes juste au-dessus de mon lit avant de s'éloigner.

Le silence revient, si profond qu'il siffle à mes oreilles. Je suis totalement figée, une nouvelle décharge électrique agite mes jambes. Je me tourne, sur le côté droit, le bras droit replié contre la poitrine, le bras gauche posé sur le ventre. Ma jambe gauche pèse sur celle de droite, je replie les genoux. La position me semble confortable. Elle deviendra vite intenable. Ma hanche et mon épaule finiront par appuyer trop lourdement, sauf si je m'endors. Une autre décharge parcourt mes membres. Je suis fatiguée, j'en ai marre, je n'ai jamais aussi mal dormi que dans cette maison, je sais que, si je m'énerve, je suis foutue : nuit blanche. J'évite de penser au dehors, je ne veux pas penser au dedans, à ce qui se déplace chaque nuit dans le grenier. Un cri bref monte du jardin, l'agonie d'une bestiole. Je ne vais jamais jamais jamais dormir et on me retrouvera morte de fatigue, je pense, puis – encore une fois – je m'endors.

Ce sont des hurlements qui me réveillent.

Nono,

il crie !

Je reconnais sa voix, je bondis du lit, j'entends courir de l'autre côté du palier, maman aussi a été réveillée, j'ai le cœur à mille battements par minute, le jour filtre à travers les volets, j'ai le temps de penser que le matin est déjà là, je cours, j'ouvre la porte qui communique entre nos deux chambres, Nono est debout dans son lit, il hurle, j'y vois mal, il fait sombre, ses volets occultent mieux la lumière que les miens, je voudrais savoir s'il y a du sang, s'il est blessé, s'il y a quelqu'un d'autre dans la chambre. Pas d'interrupteur du côté où je suis ; *Nono*, j'appelle, essoufflée par la panique. L'autre porte s'ouvre en grand et maman déboule, en chemise de nuit, elle allume la lumière ; éblouie, je cligne des yeux ; Nono a cessé de crier, il pleure, il regarde du côté de son oreiller, il n'a pas de blessure apparente, maman court jusqu'à lui, le soulève, le prend dans ses bras, elle n'a pas encore prononcé un seul mot. Je pense à une bestiole, une souris dans son lit ou l'une de ces immenses araignées velues qui hantent les campagnes ; je m'approche, maman lui murmure de se calmer, elle ne lui demande toujours pas ce qui l'a mis dans cet état, Nono pleure, trop bouleversé pour pouvoir parler ; alors je veux savoir, j'avance doucement, l'oreiller est en boule ;

je m'attends à tout mais pas à ce que je trouve : Basile, le doudou de Nono, déchiqueté, posé à la tête du lit. Avec répugnance, je le prends dans ma main, il est encore chaud, je ne comprends rien, il était dans le placard de la cuisine, caché, hors de portée de mon frère. *Maman ?* Je cherche ses yeux, elle tient Nono serré contre elle, son regard passe à travers moi, puis – d'un coup – parvient à se fixer sur ce que je tiens dans mes mains. *Oh*, fait-elle surprise, *pauvre Basile*, tout en continuant à consoler mon frère.

Plus tard, au petit déjeuner, devant un plein bol de céréales, Nono nous raconte encore et encore qu'il s'est réveillé, qu'il a mis la main sous son oreiller et qu'il a trouvé Basile dans cet état. Pour le calmer, maman formule l'hypothèse que des souris l'avaient sans doute embarqué, qu'elle se sont fait les dents sur lui et qu'elles sont venues le remettre là où elles l'avaient trouvé. Si farfelue qu'elle soit, cette histoire a l'air de le calmer ; il explique qu'il faudrait punir les souris, qu'elles sont vraiment méchantes, et maman promet d'aller au supermarché acheter des pièges dès aujourd'hui. D'ailleurs, elle a entendu des bruits venant du grenier, les souris y vivent sans doute, elles doivent avoir des passages dans les murs. J'écoute sans dire un mot, le mensonge fait du bien à mon frère mais pas à moi. Quelque chose a volé le doudou dans la chambre, l'a taillé en pièces, l'a abandonné devant le seuil de la maison, l'a ensuite récupéré dans le haut du placard pour le remettre à sa place dans le lit. Ce n'est pas une souris qui ferait ça, pas un animal, il faut une volonté malveillante, une conscience pour accomplir ce genre d'action, il faut désirer faire peur. Une boule d'angoisse reste coincée dans ma gorge. J'élimine l'hypothèse d'un fantôme. Je sais bien que les fantômes n'existent pas... enfin, je voudrais le croire avec certitude. Reste une seule autre possibilité, peut-être encore plus effrayante que celle d'un spectre hantant la maison : quelqu'un a joué avec ce doudou pour nous effrayer, et ce quelqu'un est un être humain. Maman évite mon regard, ce n'est pas le moment de lui parler, pas en présence de Nono, je suis certaine qu'elle est arrivée à la même conclusion que moi. Sous prétexte de vérifier s'il n'y a pas un autre paquet de céréales, je tire une chaise, monte dessus et explore la plus haute étagère : pas un trou, pas un passage, du mélaminé stratifié, du bois pas cher de cuisine équipée standard. Aucun animal ne peut se faufiler là-haut et en ressortir. Pour que Basile ait quitté le placard, il a fallu qu'une main l'ait ouvert. J'en ai la chair de poule.

Nono semble se remettre plus vite que moi de sa frayeur du matin. D'un ton de voix assuré, il nous explique qu'il était devenu trop grand pour avoir un doudou, de toute façon. Je lui demande s'il souhaite l'enterrer. Il me regarde comme si j'étais une demeurée et me répond que c'est un morceau de tissu synthétique cousu en Chine par des enfants, il ira à la poubelle. Je pense que l'an dernier encore je dormais avec les peluches de mon enfance éparpillées partout dans ma chambre mais je garde mes réflexions pour moi, je me tais.

En milieu de matinée, je me retrouve enfin en tête à tête avec maman. Elle a aidé Nono à faire ses devoirs. Elle vient de le laisser, c'est la récréation. Elle comprend de quoi je veux parler avant que j'ouvre la bouche. *Je n'en sais rien*, elle dit. *Une bestiole ?* Franchement, les bras m'en tombent. Je ne m'attendais pas à ce qu'elle me réponde un truc pareil. Je me demande si elle veut me rassurer moi aussi ou si elle refuse de voir la vérité en face. *En début d'année, notre professeure de français nous a fait lire un court roman inspiré d'un fait divers*, je lui explique, *un homme au Japon vivait seul, il partait tôt le matin travailler et rentrait tard le soir, il lui semblait de temps en temps que des choses avaient bougé durant son absence : un magazine posé sur un fauteuil qu'il retrouvait sur la table du salon, le niveau du paquet de riz qui baissait un peu vite, un fruit disparu… de toutes petites choses insignifiantes qui – peu à peu – avaient fini par éveiller ses soupçons*. Maman m'écoute en faisant les cent pas dans la cuisine, je la sens agacée par mon histoire. *Un jour, l'homme finit par prendre peur : une présence vit chez lui, il pense à un fantôme, laisse son ordinateur allumé avec la webcam branchée, part au travail, se connecte et découvre une femme, qui va et vient, se prépare un repas, s'installe à sa table. Il appelle la police, et c'est là que cette histoire est vraiment dingue*. Je marque une pause, maman ne s'arrête toujours pas, elle essuie la vaisselle, la range, ouvre et ferme les portes des éléments de la cuisine équipée. *L'homme prévient son employeur, repart chez lui, trouve la femme menottée par les policiers, il pense à une intruse ayant d'une façon ou d'une autre réussi à fabriquer un double des clés de son appartement, mais la vérité est bien pire : la femme âgée d'une cinquantaine d'années n'a pas de domicile, elle vit depuis un an dans un placard situé dans la chambre d'amis de l'homme. Elle s'enferme avant qu'il revienne du travail, sort dès qu'il est parti et il n'a jamais soupçonné sa présence.*

Ça y est, maman cesse d'aller et venir en tous sens, mon histoire l'intéresse. *C'est fou, tu imagines ? Pendant plus d'un an, cette femme était à quelques mètres de lui sans qu'il ne s'en rende compte.*

Je fais une pause, maman me regarde. *Tu penses que quelqu'un est caché dans la maison ?* elle me demande.

Je n'en sais rien, je pense que des choses ne sont pas normales et qu'il doit y avoir une explication, je rétorque. J'évite de dire la pire idée qui me soit venue à l'esprit,

le frère de maman,

mon oncle que je n'ai jamais vu, celui dont elle m'a juste dit qu'il était un voyou, ce frère dont elle ignore même l'adresse, il pourrait être là ; après tout il a des droits sur cette maison. Je réentends les bruits dans le grenier la nuit, des bruits de pas.

Maman me regarde, une ombre passe sur son visage, elle ouvre puis referme la bouche sans dire un mot. Je crois qu'elle est en train de penser à la même chose que moi. Brusquement, j'ai peur. Si quelqu'un est caché, il ne sera peut-être pas content qu'on le débusque. Et si c'est le frère de maman – un voyou, elle a dit – que fera-t-il ?

Toujours muette, maman va dans le salon, elle prend les lourdes pinces en métal de la cheminée, celles qui servent à tisonner les bûches dans le feu, elle les soupèse et les garde serrées dans sa main droite. Je l'accompagne, les mains vides ; nous montons l'escalier, maman marche devant, je suis à trois pas derrière elle. Elle allume la lumière du grenier, nous empruntons l'escalier plus raide aux marches courtes. Une trappe isole le grenier du palier, elle est rabattue, maman la pousse de l'épaule. Elle tourne la tête vers moi, me sourit et elle disparaît dans l'ouverture. Je ne la lâche pas, je monte, j'ai peur mais je ne réfléchis plus, j'ai besoin de savoir, il n'est plus possible de rester dans cette maison, je ne veux pas vivre dans le doute et la crainte. Je passe la tête par la trappe, le grenier est immense, maman est debout, à un mètre, je monte. Partout autour sont empilés des cartons et des boîtes à archives. En face, je vois une pile de livres, jetés les uns sur les autres, recouverts de poussière. Le plancher du grenier est jonché de débris, au-dessus de ma tête le jour transperce les tuiles et les lames de bois, le vent a déposé de la terre et des feuilles qui sont retombées en pluie au fil des années. Évidemment, comme dans un classique film d'horreur d'épaisses toiles d'araignée pendouillent entre les poutres. En observant le sol, je remarque des traces de pas, une décharge de terreur pure m'électrise le corps. J'appelle maman, lui montre les traces, elle me fait signe de me calmer, ce sont les siennes, elle est déjà montée au grenier, juste pour regarder ce qui s'y trouvait, mais elle ne l'a pas exploré complètement. Je respire lentement pour faire refluer l'adrénaline. Maman avance, des cartons ont été déplacés, certains ont été ouverts, ils contiennent de vieux vêtements, des jouets ; à l'intérieur de l'un d'eux se trouve un poupon en plastique. Mon problème, à cette minute, c'est que j'ai des images de films plein la tête. Je regarde les joues gonflées de la poupée et je vois Chucky ou Annabelle, il faut que je me calme. Une colonne en brique barre le grenier dans son milieu, le conduit de la cheminée du salon sans doute, maman passe derrière, je la perds de vue, l'endroit est plus obscur. Malgré la lumière du jour qui parvient çà et là à se faufiler au travers de la toiture et l'unique ampoule allumée, l'atmosphère du grenier demeure très sombre, la poussière volette dans les maigres rayons lumineux, l'air paraît plus lourd à respirer. Je m'empresse de rejoindre ma mère. Elle se glisse entre des chaises qui ont perdu leur paille depuis des années, pousse deux trois cartons, s'arrête devant un vieux lustre où des morceaux de verre imitant des cristaux sont suspendus. Elle sourit. C'était celui du salon, me raconte-t-elle, une imitation de lustre en cristal. D'après ce qu'elle en sait, il avait été offert à ses parents pour leur mariage. À vrai dire, il n'était pas très pratique, il prenait beaucoup de place et comme son père l'avait installé juste au-dessus de la table où se tenaient les repas de famille – le reste du temps ils mangeaient dans la cuisine –, il fallait faire attention à ne pas se cogner la tête. À plusieurs reprises, des invités l'avaient heurté en levant leur verre pour un toast ou en se relevant trop vite de leur chaise. C'est son frère qui était parvenu à le fracasser, il avait une douzaine d'années, il était dans le jardin, il jouait seul avec un frisbee, la fenêtre était ouverte, un lancer maladroit avait décroché le lustre. Il avait nié ; heureusement maman n'était pas à la maison lorsque c'était arrivé, sinon son frère l'aurait accusée à sa place, selon elle. Plusieurs suspensions en verre s'étaient brisées, leur père n'avait pas pu le réparer, il l'avait remisé au grenier.

C'est la première fois que maman me raconte spontanément un souvenir de son enfance. *Vu la taille du lustre, ça a dû soulager tout le monde qu'il disparaisse*, je réponds. Elle continue de sourire, puis une ombre passe sur son visage ; elle se retourne, nous fouillons dans les recoins les plus sombres, nous trouvons deux matelas au sol, recouverts d'une bâche poussiéreuse : personne ne s'est allongé là depuis des années. Des étagères encombrées de vieux outils rouillés masquent un pan entier du grenier, je me faufile derrière à travers des toiles d'araignée en luttant contre le dégoût qui hérisse les poils de mes avant-bras. Derrière se trouvent de vieilles couvertures, elles aussi maculées de feuilles et de particules de terre. Peu à peu, ma tension redescend, il est impossible que quelqu'un se cache dans cette pièce, je reviens vers les cartons, évite celui de la poupée du diable, plusieurs n'ont pas encore été ouverts. Je me demande ce que maman a cherché à l'intérieur.

Fin du suspense, le grenier est vide. Ce que j'entends la nuit, ce ne sont pas des pas humains, mon imagination m'a joué des tours. Nous apercevons des crottes au sol un peu partout, les rongeurs sont ici chez eux. Je cherche à me raisonner. La nuit, il est possible que les bruits paraissent plus forts qu'ils ne le sont en réalité. À moins que la poupée Chucky ne se relève, je pense comme une idiote, et la chair de poule revient.

Maman referme la trappe. Pour en avoir le cœur net, nous explorons la quatrième chambre inoccupée. Papier peint sombre avec des motifs géométriques, grand placard encombré de vêtements démodés. Je sonde les murs en cognant dessus, ils sonnent plein. Encore une fois, j'ai vu trop de films, il n'y a nulle part de pièces dérobées, de porte cachée donnant sur un couloir secret. La maison est grande mais pas à ce point. Nous redescendons au rez-de-chaussée, j'explore le placard sous l'escalier, nous faisons le tour du salon, du petit bureau, de la cuisine. Rien. Je demande à maman s'il y a une cave, elle me répond que non et comme j'ajoute *Tu en es sûre ?* elle fait les gros yeux. Elle a habité dix-huit ans ici, elle le saurait.

Nous sortons, explorons la remise et le garage : vieux outils, tondeuse à gazon désossée, bidons d'huile, pots de peinture rouillés, encore des chaises sans paille, des fourches, une hache, deux vélos aux pneus à plat... du bric-à-brac mais pas de cachette.

L'hypothèse terrifiante d'une personne vivant dans la maison s'effondre. Je n'arrive pour autant pas à me sentir soulagée. Ne reste plus qu'une seule autre hypothèse : la maison est hantée.

En silence les poussières patientent, elles attendent
le passage d'une main, d'un chiffon, d'un balai.
Le temps ici depuis des années s'est figé,
seules les souris dansent la sarabande.

Empilés dans des cartons, les vieux souvenirs
moisissent. Plus personne ne sait qui jouait
à habiller et promener cette poupée.
Elle espère mais l'enfant ne va plus revenir.

Le grenier est un vieux musée sans visiteur,
les cartons sont les vitrines des vies oubliées :
des collections d'objets, de choses déguenillées.

Tout demeure immobile, et passent les heures,
Rien ne bouge ni ne vibre, pas même un atome.
Seuls des bruits trahissent l'existence des fantômes.

Après avoir couru, avant de prendre ma douche, j'ai écrit le sonnet assemblé dans ma tête alors que je traversais les bois. Je me suis fait engueuler par maman aussi, nous n'avons plus le droit de quitter le domicile sans avoir sur soi sa carte d'identité et une attestation recopiée. Je trouve ça totalement crétin. Je cours, je suis en sueur et si jamais un policier m'arrête il me faudra un papier écrit de ma propre main pour lui prouver que j'étais en train de courir. Je ne comprends rien à cette histoire. J'ai expliqué que je trouvais ce principe débile et maman s'est mise en colère, elle m'a rappelé le montant des contraventions pour sortie sans attestation. Je n'ai pas répondu, je ne veux pas jeter de l'huile sur le feu. Je recopierai demain le mot obligatoire. Pour l'heure, j'avais mieux à faire : écrire mon poème.

Dehors, pour la première fois, le ciel bleu se remplit de nuages, en moins d'une heure la luminosité se voile, il fait encore très chaud, trop chaud pour la saison, les insectes énervés viennent buter contre mon visage et s'emmêler dans mes cheveux. J'ai quelques messages de mes professeurs, peu, ce n'est pas encore aujourd'hui que je serai débordée de travail. J'envoie les quatre sonnets à Mme Kaplan, petit à petit ces poèmes dessineront mon journal de confinement. Je suis sans doute à côté de la plaque, je n'en sais rien, maintenant que j'ai commencé, je n'ai plus envie de m'arrêter. Parfois, dans ma tête, je compte les syllabes d'une phrase pour savoir si elle constitue un alexandrin. Je n'ai aucune idée de la valeur de ce que je fais, j'aurai peut-être une mauvaise note, mais je m'en fiche : ça m'amuse.

Je profite d'être connectée pour regarder ce qui se passe dans le monde : partout les gens confinés chez eux, les hôpitaux débordés, des infirmières en larmes qui expliquent qu'elles travaillent depuis bientôt vingt-quatre heures sans se reposer, qu'elles n'ont pas assez de lits, pas assez de masques de protection, pas assez de blouses, pas assez de temps, pas assez de collègues. Partout, dans le monde, des gens meurent tandis que d'autres hurlent au mensonge, prétendent que l'épidémie n'existe pas. Je ne lis pas les déclarations du gouvernement, les titres me suffisent : ils répètent que tout va bien, qu'ils gèrent de manière exemplaire la crise. C'est drôle, je n'arrive pas à penser à ce qui se passe. Je me suis déjà installée dans une nouvelle routine : je suis coupée des amis, je cours, j'écris mes sonnets, je joue avec Nono, je tente d'aider maman.

Et ?

Je chasse les fantômes ?

Peut-être, oui, j'écoute la maison en ne sachant pas ce qu'elle dissimule.

Mais cette maladie, l'arrêt brutal de la marche forcée du monde, comment les choses vont évoluer, ce que cela va changer pour nos vies, ce que cela va changer au monde entier, je n'arrive pas à y penser. Je demeure dans une sorte de stupeur sidérée.

Un article évoque la baisse brutale des gaz à effet de serre : l'arrêt des déplacements, des avions et de certaines usines a déjà un effet bénéfique pour le climat.

Un nouvel article parle des animaux : on a vu des coyotes se balader dans les rues de villes californiennes, des vidéos d'ours déambulant dans les avenues canadiennes côtoient celles de cerfs marchant tranquillement dans les rues de villages français.

Toutes ces informations, ces mélanges de mauvaises et bonnes nouvelles, ces disputes, ces enjeux politiques, ces déclarations péremptoires de gens qui ne savent rien… provoquent en moi une sorte de court-circuit. Je coupe Internet. Je culpabilise un peu de ne pas me tenir informée, mais je sens que cela ne m'aide en rien de l'être. En voulant le chasser, j'écrase le premier moustique de la saison occupé à pomper le sang sur mon avant-bras gauche. Sa mort laisse une trace rouge sur ma peau.

En rentrant dans la maison, le malaise me saisit à nouveau, je ne sais pas combien de temps il demeurera en moi.

La gueule du loup va t'attraper. La gueule-du-loup va t'avaler. Tu ne peux pas lui échapper, la gueule-du-loup se moque de ta peur comme de ta douleur, la gueule-du-loup est un piège sans issue, une trappe sans fond. La gueule-du-loup est déformée par un rictus mauvais. Elle te tient à sa merci.

Ce midi, ni maman ni moi n'avons grand appétit, je déplace les aliments du bout de ma fourchette. Depuis ce matin, les insectes sont devenus innombrables, comme si des centaines de milliers d'œufs avaient éclos. Les insectes sont neufs et stupides, ils ne savent pas éviter que je les écrase avant qu'ils ne se posent dans mon assiette, ils se noient dans mon verre, ils agonisent, vrombissent, bourdonnent, se collent à ma peau, cherchent à se glisser sous le col ou les manches de mon tee-shirt. À peine nés, ils sont rendus agressifs et fous par la lourdeur de plus en plus orageuse du ciel. Dans un coin de mon cerveau, je me souviens que Belzébuth signifie le Seigneur des mouches.

Plus tard, le ciel est devenu presque noir. Je suis remontée seule au grenier. Les livres jetés au sol l'ont été récemment. Maman cherche sans doute quelque chose, je n'ose pas lui demander quoi. Je vois bien qu'être ici est une lutte pour elle. Elle rit peu, elle porte une profonde fatigue sur son visage. Je sais qu'elle s'inquiète pour papa mais ce n'est pas simplement de ça qu'il s'agit. Des choses m'échappent, des choses souterraines et inquiétantes. Mon inspection ne donne rien, Chucky n'a pas bougé, elle a toujours ses grosses joues luisantes et son regard pointé sur le fond du carton.

De retour dans ma chambre, les bras sous la tête, je compte les fissures au plafond. Je n'aime pas cette pièce. C'est étrange, la peur. Quand j'étais gamine, je ne pouvais pas me coucher sans avoir ouvert mon lit en grand et regardé si la couette ne dissimulait pas un danger. Sous le lit, en revanche, je ne vérifiais jamais. Je ne craignais pas qu'un monstre soit tapi dans l'attente de m'attraper une cheville avec ses griffes ou ses crocs. Ce serait d'ailleurs faire offense à toutes ces heures de terreur que de s'en tenir à un monstre, ce n'était pas d'un monstre que j'avais peur, l'image est trop réductrice. C'est presque mignon : une créature sous le lit, une banale bestiole maléfique, anodine, qui croque les orteils des imprudents. Un monstre qui pourrait s'apprivoiser, un monstre qu'il serait possible de dominer. Comme dans un livre que je lisais : *Max et les Maximonstres*.

Non. Le monstre caché sous ma couette n'était pas vraiment un monstre, il n'avait pas de forme précise. On craint moins ce que l'on peut concevoir. Impossible de dire s'il avait des écailles ou des poils, une gueule ou un bec. Le monstre sous ma couette était une présence, une chose imprévisible, foncièrement mauvaise, illogique.

Et c'était le pire : se dire qu'aucune discussion n'était possible, aucun compromis, aucune transaction, cette chose échappait totalement à la compréhension et à la raison. Elle n'obéissait qu'à la loi de son esprit de monstre. Elle prendrait toujours les enfants au dépourvu. Le seul sentiment que je pouvais lui accorder était la haine. Une haine profonde, une haine inconnue même des animaux, même des hommes qui pourtant torturent et tuent sans grandes raisons, une haine pure, absolue, comme enfant je savais qu'il existait des températures absolues (je l'avais appris par cœur : le froid indépassable = – 273,15 °C).

C'était d'une chose cachée dans le lit que j'avais peur, une chose floue, inconnue, à laquelle je n'associais aucune image. Ce n'était pas un diablotin ou un Gremlins ou je ne sais quoi de précis que je craignais. Juste une présence. Quelque chose qui ne ressemblait à rien de ce que je pourrais connaître ou imaginer, quelque chose qui m'attaquerait forcément par surprise. Enfant, j'aurais aimé rétrécir jusqu'à disparaître, posséder le don d'invisibilité, savoir générer des champs de force protecteurs, ne pas fermer l'œil de la nuit ; tout sauf être livrée en pâture à l'arbitraire de cette présence. Je ne sais plus pourquoi je m'étais mis cette frayeur en tête, j'ai aussi oublié à quel moment j'ai totalement arrêté de vérifier sa présence sous mes draps ; sans doute s'éloigne-t-on en grandissant du monde invisible. On découvre dans la réalité assez de sujets d'inquiétude pour ne plus avoir à se soucier des dangers imaginaires. Cela fait des années que je n'avais plus pensé à cette histoire.

Les fantômes, je ne me suis jamais demandé s'ils existent. Les histoires de revenants, d'esprits frappeurs errant dans l'au-delà d'où ils épient les vivants pour se venger, ou pire, sans raison, simplement parce qu'ils sont malfaisants, je les ai vues dans des films. J'ai aimé avoir peur, confortablement installée dans mon lit ou sur le canapé, j'ai adoré sursauter au moment où les personnages se font attaquer par un spectre abominable ; ça m'a plu, c'était du cinéma, c'étaient des maquillages, des images de synthèse, des comédiens, des trucages, *c'était pour de faux* comme dirait mon petit frère. Avec mes amis, parfois, on passe une soirée à regarder des films d'horreur. Les filles en rajoutent en poussant des cris suraigus ; les garçons, eux, rient puisqu'ils sont trop fiers pour avouer leur trouille. Moi, je ne crie pas, je regarde, je ne ris pas non plus, si j'ai peur, j'ai peur en silence, je ne veux pas jouer au rôle pré-écrit pour moi : celui de la nana qui a besoin de se blottir contre un mâle protecteur. Je me laisse traverser par la peur, mais ça n'arrive pas souvent, les films d'horreur sont généralement plus débiles qu'effrayants.

On voit des fantômes, des démons, des zombies, des vampires, et une fois que l'on se retrouve seul, on a beau savoir que ce n'étaient que des effets spéciaux, que ce sont des fictions, on garde une tension un peu électrique en soi, on a tendance à regarder plus facilement dans les coins sombres, on prend la peine de refermer la porte entrouverte du placard de la chambre, mais on dort, paisiblement. On sait bien que ce n'est que du cinéma, ces films on les regarde comme on monte dans le grand huit : pour les sensations. On sait que les gens qui courent sont des acteurs, on ne le perd jamais tout à fait de vue ; c'est comme quand on lit un livre, on peut être touché, ému, bouleversé même, mais on ne perd jamais totalement de vue que quelqu'un a écrit ces lignes dans l'espoir justement de nous toucher, de nous émouvoir, de nous transporter et de nous faire réfléchir. Les fantômes des films d'épouvante ne nous menacent pas vraiment, on les oublie jusqu'au jour où on les croise dans la réalité. Et l'on comprend alors que mille films ou mille contes de fées, mille livres et mille histoires ne nous ont pas préparés à ce que cela se produise vraiment.

La lourdeur d'un orage s'installe, les insectes ont disparu, seules les mouches sont restées. Énervées par l'électricité ambiante, elles heurtent ce qui se trouve sur leur passage. La pression atmosphérique appuie de toutes ses forces sur ma nuque. L'air poisse, j'ai hâte qu'il pleuve enfin. Je me faufile à quatre pattes dans la cabane de Nono ; lorsque le déluge va enfin s'abattre sur nos têtes, il risque d'être violent, je veux jeter un œil aux installations de mon frère. Il s'est aménagé une sorte de bureau, ses cahiers et ses livres vont prendre cher, je l'aide à ranger, il faut les mettre à l'abri dans la maison. Maman est dans sa chambre, elle est partie s'allonger, elle aussi dort mal.

Je vois que mon frère a sa tête des mauvais jours, il bouge au ralenti, fait tomber trois fois sa trousse, écoute à peine ce que je lui raconte. Je crois qu'il pense à l'apparition de son doudou dans le lit, je me trompe.

Elle est malade, maman ? finit-il par demander. Je réponds qu'elle est fatiguée, par le déménagement, par l'installation ici.

Nono me regarde. *La maison et elle, c'est comme si elles étaient connectées*, dit-il, et il a raison, oui. Revenir ici fait remonter des souvenirs qui ne sont pas toujours agréables.

En vrai, ajoute-t-il, *les parents de maman ne l'aimaient pas.*

C'est sans doute plus compliqué, mais il y a un fond de vérité.

Enfin, il se lâche, il a besoin de parler ; on a rassemblé tout ce qui peut craindre l'eau, on s'assoit tous les deux par terre.

Cela arrive, que des parents n'aiment pas leur enfant, se met-il à raconter. *À l'école, dans ma classe, il y avait un garçon qui s'appelait Julian. Eh bien, ses parents ne l'aimaient pas non plus.*

Je l'écoute, il n'a jamais évoqué cette histoire.

Julian n'était pas mon ami. Il n'était l'ami de personne. Il ne jouait pas, il n'ouvrait la bouche que si la maîtresse lui posait une question. On le trouvait bizarre. Un jour qu'il était absent, la maîtresse nous a parlé de lui, elle nous a demandé de faire des efforts, d'aller vers lui. Elle nous a dit qu'il n'avait pas eu une vie facile, qu'il avait été retiré de chez lui pour être placé en famille d'accueil. La maîtresse n'a pas dit que ses parents ne l'aimaient pas, je l'ai compris tout seul. Quand on aime son enfant, on n'accepte pas qu'il aille vivre chez quelqu'un d'autre.

Je lui demande pourquoi il n'en a jamais parlé, il me répond qu'il a oublié de le faire. Je tente de répliquer qu'il y a plein de raisons qui peuvent expliquer qu'un enfant soit placé. Ce n'est pas forcément par manque d'amour. Certains adultes sont incapables de s'occuper d'un enfant.

Nono me regarde comme si j'étais une débile profonde. *Julian était tout maigre, il regardait ses pieds tout le temps, il avait dû être battu.* Je ne sais pas quoi répondre. Nono grandit, il mûrit, il prend peu à peu conscience que le monde n'est pas un endroit toujours confortable.

Et alors, je veux savoir, après le discours de la maîtresse, vous êtes allés jouer avec Julian ?

Un peu, mais il ne voulait pas venir avec nous. Et puis, il a changé de famille d'accueil et d'école, et on ne l'a plus revu.

J'explique à Nono que maman n'a pas été battue par ses

parents, mais qu'elle était très seule. Pour ne pas trop penser à son enfance, elle a voulu l'oublier.

Peut-être que l'on aurait dû rester avec papa alors ? demande-t-il.

Peut-être…

Les premiers éclairs tombent avant la pluie. Un instant, j'ai peur que l'orage soit sec, je suis sur le seuil de la maison, le nez aux nuages. Le ciel est couleur poudre à canon, des flashs d'électricité éclairent son ventre. Enfin, une goutte d'eau s'écrase dans la poussière au bas des marches, une goutte grosse comme un œuf me semble-t-il, et toutes les vannes s'ouvrent d'un coup. J'ai beau être abritée sous la marquise vitrée qui protège les marches du seuil, je suis trempée en moins de dix secondes par les éclaboussures. L'averse ressemble à une cascade, il fait presque nuit alors qu'il n'est qu'à peine dix-sept heures. Je recule, me réfugie dans la maison, pousse la porte pour éviter que l'entrée soit trempée et cours à l'étage refermer la fenêtre de ma chambre. En moins d'une minute, ce sont des torrents d'eau qui ont inondé le plancher, je patauge, cours chez Nono, lutte contre le vent soudain pour claquer sa fenêtre. Aucune trace de maman, je frappe à sa porte : silence. J'ai les cheveux plaqués sur le front par la pluie, mon tee-shirt est mouillé, mes pieds nus impriment leurs empreintes sur le parquet sombre. Je frappe à nouveau, si maman n'est pas là, et si elle a laissé la fenêtre ouverte sa chambre va se transformer en piscine. Tant pis, j'entre. Comme je le craignais, l'eau coule à seaux, je me précipite pour refermer la fenêtre. Un éclair zèbre le ciel et tout dans la pièce fait un bond de côté : l'armoire, le lit, la commode, la chaise sur laquelle maman a empilé ses vêtements. C'est comme si les meubles sursautaient et reprenaient leur place en un clin d'œil. Je respire, je sais que c'est une illusion. Le tonnerre se déchaîne alors et les vitres dans mon dos vibrent longtemps. Mon cœur bondit. Je dois me calmer. Mais où peut bien être maman ? Elle n'est pas en bas, ni dans sa chambre, je n'ai pas entendu partir la voiture. Si elle est allée marcher toute seule, elle va être trempée. Un nouvel éclair fait danser les meubles. J'ai le temps de compter jusqu'à douze avant d'entendre le roulement du tonnerre. J'ai oublié comment on calcule la distance du cœur d'un orage à partir du décalage entre la vitesse de la lumière et celle du son, je me rassure en me disant juste qu'il est loin de nous. Puis deux éclairs suivis immédiatement du vacarme du tonnerre font éclater mes hypothèses, l'orage semble partout. Dehors, au-delà de la vitre, les rideaux de pluie absorbent toute la luminosité.

En sortant de la chambre, je repère les livres sur le lit de maman, une dizaine de vieux livres de poche. Parmi eux, *Les Fleurs du mal*, de Baudelaire. Machinalement, je le prends avec moi. Certains poèmes sont des sonnets. Je m'en inspirerai peut-être pour écrire les miens.

Il fait si sombre sur le palier que j'allume la lumière. Nono est dans l'escalier, l'air piteux. Il a peur et ne veut pas le montrer. De nouveaux éclairs nous éclaboussent d'électricité. Je jette le livre sur mon propre lit. Nono me demande si je sais où est maman. Non, je n'en sais rien. Il s'approche. Je tends ma main vers lui, il a à nouveau ce regard qui veut dire « Tu me prends pour un gosse » et il refuse de venir contre moi ; pourtant, je vois bien qu'il est terrifié.

Dehors, l'orage se déchaîne, la fureur contenue dans le ciel s'est libérée, la lumière du palier vacille, l'ampoule s'éteint, se rallume, clignote et reste allumée. Il ne manquerait plus que le courant soit coupé. Quelque chose de lourd tombe au-dessus de nos têtes, Nono fait un bond en avant et se décide à attraper ma main. Je fais deux pas en direction de l'escalier conduisant au grenier. Nono, muet, me tire en arrière. La trappe est ouverte, maman est là-haut. Maman ou quelqu'un d'autre, susurre une petite voix en moi. Un pied apparaît, un autre, un mollet, c'est elle, elle arrive à mi-escalier quand la lumière se coupe d'un coup. Nono pousse un petit cri de surprise. Maman semble ne s'étonner de rien, ni de la violence de l'orage, ni de notre présence sur le palier. Avec calme, elle nous explique qu'elle était montée mettre de l'ordre. *Il va falloir trouver des bougies pour ce soir,* dit-elle. *Je crois que j'en ai vu dans un tiroir de la cuisine, vous venez ?*

Tranquillement, elle referme la trappe, passe devant nous et descend. Je réalise que Nono a lâché ma main lorsque je le vois courir derrière maman. Je reste un moment seule. Dehors, un, deux, trois éclairs pulsent, des forces immenses donnent l'illusion de se fracasser. Une goutte d'eau heurte mon front. Forcément, vu l'état de la toiture, il doit y avoir des fuites, j'inspecte ma chambre : rien pour l'instant. Avec un peu de chance, si la maison ne s'effondre pas d'un coup, je dormirai dans un lit sec.

Dans la cuisine, la flamme d'une bougie danse dans les courants d'air, elle vibre, s'élève, se penche et éclaire tant bien que mal les cartes du Uno. Il fait presque nuit. Comme toujours, Nono ou maman vont gagner, je perds systématiquement à tous les jeux, non pas par maladresse mais bien parce que je n'ai pas de chance. Il suffit de lancer une pièce en l'air en me demandant de choisir entre pile ou face pour en avoir la preuve scientifique : si je dis pile, ce sera face, et inversement. Je m'ennuie doucement, bien que ponctuellement un coup de tonnerre plus assourdissant que les autres me fasse sursauter. La pluie a fini de sécher sur mes vêtements, j'ai l'impression que mes cheveux ont frisé d'un coup, je dois être affreuse.

Maman et Nono se battent avec acharnement pour la première place, je suis déjà assurée d'avoir gagné la dernière. Nono abat une carte +4 avec un sourire sournois, et pendant que je pioche, l'air de rien, il pose une question qui zèbre l'air de la cuisine avec la violence d'un éclair.

Tes parents, tu les aimais ? demande-t-il comme s'il parlait d'une chose sans importance.

Je n'ai plus assez de doigts pour tenir toutes les cartes, je regarde maman du coin de l'œil. Elle soupire.

C'étaient mes parents, et on n'en a pas d'autres, lui répond-elle lentement. *Mais j'ai l'impression qu'ils ne m'ont jamais vraiment regardée de leur vie. C'était comme si j'étais… invisible. Transparente. Ils avaient deux enfants à la maison, un fils turbulent qui se faisait virer du collège parce qu'il se battait, un fils bagarreur et indocile… et une fille qui s'appliquait bien à l'école, qui rapportait de bonnes notes, qui grandissait sans heurts, sans bruit, sans se faire remarquer. Sans que jamais ils n'aient à s'occuper d'elle.*

C'est triste, je commente à voix basse.

Comme en plus de prendre quatre cartes supplémentaires, je dois aussi passer mon tour, elle joue tout en continuant de parler.

Je me suis effacée pour qu'ils s'occupent de mon frère. Et ils n'ont jamais cherché à savoir comment j'allais, ce que je pensais, si je souffrais, si j'étais triste ou heureuse ou angoissée ou blessée. Longtemps, j'en ai voulu à mon frère de m'avoir volé mes parents. Puis, en grandissant, j'ai compris qu'ils étaient adultes et que me délaisser était leur choix. Des parents peuvent s'occuper de plusieurs enfants.

Nono change le sens de la partie alors que j'allais enfin pouvoir jouer à mon tour.

Sauf si le second enfant est comme Nono, je dis. *Franchement, mon frère est tellement débile, vous n'auriez jamais dû faire un second enfant.*

Il essaie de m'envoyer un coup sous la table, mais j'avais prévu sa réaction. Je perds à tous les jeux, mais je suis imbattable en coups bas, je coince son pied contre celui de la table. Il gigote en vain.

Maman ajoute qu'on va s'y faire, à cette maison, on va se débarrasser des souris dans le grenier. Elle voulait acheter des pièges aujourd'hui, elle ira demain quand il pleuvra moins. *Et puis*, elle ajoute, *vous avez tous les deux de la chance : vous grandissez entourés par l'amour de vos parents*. Et elle pose une carte qui m'oblige à passer mon tour sans jouer.

La partie se termine assez vite, je n'ai pas la force de compter mes cartes, je propose que l'on m'applique un forfait de 1 000 points, Nono accepte l'idée du forfait à condition qu'il soit de 10 000. Ça me va, quitte à perdre, autant le faire de manière exceptionnelle.

Lentement, la journée s'éboule enfin dans la nuit.

Quand le loup décide de venir, pas la peine de hurler, de se battre, de fuir. Le loup obtient ce qu'il veut. Plus je lutte, plus je souffre, je l'ai compris peu à peu. Alors, quand le loup approche, je me laisse dévorer, ça va plus vite, je suis plus vite morte.

Lorsqu'il est grand temps d'aller dormir, l'orage n'est pas calmé et l'électricité n'est pas revenue. Nono est une vraie pile, mais qui ne le serait pas dans de telles conditions ? Il s'est réveillé avec son doudou déchiqueté posé contre sa joue et depuis le milieu de l'après-midi un véritable déluge tombe du ciel. Sur le palier, on a installé des bassines et des récipients pour limiter au maximum les dégâts : la toiture fuit en plusieurs endroits, des gouttes se forment sur le plafond. Je n'ose pas proposer à Nono de dormir dans mon lit, je me souviens de la colère de maman hier matin. Je doute qu'il parvienne à fermer l'œil. Et je doute d'y parvenir moi aussi.

Se laver les dents à la bougie, c'est drôle, mais dormir dans le vacarme du tonnerre, le tambourinement de la pluie et l'inquiétude des craquements nocturnes, c'est autre chose.

Nono est inhabituellement silencieux, il ne veut pas montrer sa trouille. À plusieurs reprises, je lui répète que l'orage va finir par se calmer. De temps en temps, malgré les volets fermés, un éclair plus vif nous fait sursauter.

J'ai laissé grande ouverte la porte entre ma chambre et celle de mon frère, nous ne sommes pas encore couchés, il est en pyjama, il retarde comme il peut le moment de se glisser sous les draps. Un roulement de tonnerre traverse de part en part la maison, la cloison vibre littéralement. Je pense à l'arbre au milieu du jardin, je me demande quelle est la probabilité qu'il soit frappé par la foudre. Jamais, je n'ai eu peur de l'orage en ville, les immeubles sont surmontés de paratonnerre, les orages sont presque abstraits. Mais ici ? Si le grand chêne était foudroyé, s'il prenait feu ou s'abattait sur la maison ?

Maman entre dans la chambre de Nono, elle lui demande s'il veut entendre une histoire, comme quand il était petit, l'invite à venir la rejoindre dans son lit à elle. Il ne se fait pas prier. J'hésite une seconde, une toute petite seconde, et je les suis. Maman est assise sur son lit, Nono tout contre elle. Je peux ? Maman m'adresse un large sourire et me fait signe de venir. Elle a installé plusieurs bougies sur les tables de nuit de part et d'autre du lit. Les flammes tremblotent, le vitrage ferme mal, le vent parvient à s'engouffrer dans la maison. Elle explique qu'au grenier elle a retrouvé des livres de son enfance. Elle nous prévient que ça risque de nous paraître un peu vieillot, et c'est comme ça que nous faisons la connaissance de Françoise Dupont, écolière modèle qui affronte le Masque d'argent sous son identité secrète de Fantômette. Je ne sais pas si l'histoire me plaît, cette fille n'a aucun superpouvoir, les rebondissements paraissent un peu trop évidents, ses meilleures amies ne découvrent jamais qu'elle mène une vie de justicière, tout est improbable, mais je m'en fiche, c'est le moment que nous vivons qui est important, nous sommes tous les trois embarqués sur un lit alors que dehors un orage se déchaîne. Je repense à un album que papa ou maman a dû me faire lire un million de fois quand j'étais petite, celle d'une souris nommée Clarisse qui – avec ses parents – transforme son lit en bateau alors qu'une grande tempête fait s'effondrer la maison autour d'eux. À la fin, les océans ont recouvert le monde et seul le lit flotte. Clarisse et ses parents n'ont jamais cessé de sourire, ils décident de partir en voyage. Cela fait des années que je n'ai plus lu cet album, je me promets de le rechercher quand nous rentrerons chez nous. Le fait de penser à la maison, à papa tout seul, me rend triste. Je réalise que j'ai totalement arrêté d'écouter la voix de maman. Ce n'est pas grave. Nono cligne des yeux, bâille, maman lui conseille de baisser les paupières pour continuer à écouter l'histoire. Deux minutes plus tard, il ronfle. Maman me sourit, elle glisse un drap sur mon frère, il va rester avec elle, je me lève sans faire de bruit. Maman souffle toutes les bougies sauf une qu'elle me tend, je les laisse, referme la porte derrière moi. Au moins Nono dormira bien cette nuit. Sur le palier, j'écoute une seconde le bruit des gouttes d'eau tombant dans les bassines. L'escalier qui descend est une gueule noire béante. La flamme de la bougie ne permet pas de voir jusqu'au bout du couloir. Les portes grandes ouvertes de ma chambre et de celle de Nono sont taillées dans la noirceur la plus totale. Je pense à la chaleur du lit de maman. Je suis grande, trop grande. J'avance. Vite, trop vite, je referme ma porte ainsi que celle qui communique avec la chambre de Nono, j'ai presque couru et la bougie a failli s'éteindre. À tout hasard, je presse la poire située au-dessus de mon lit : rien, pas de lumière, l'électricité n'est toujours pas revenue.

Les draps sont poisseux au toucher, je m'en veux de ressentir de la peur. Je suis grande, je me répète, je ne suis pas une trouillarde. L'orage rit un bon coup et lâche une salve d'éclairs. Le vent dehors imite à la perfection le cri d'une meute de loups.

En remontant les couvertures, je retrouve le bouquin de Baudelaire, je n'ai pas le courage de lire à la lueur de la bougie.

Il me reste quinze pour cent de batterie sur mon téléphone, hors de question que j'utilise la lampe. Je le repose, souffle la bougie. Je ne sais plus si j'ai éteint la lumière de la chambre ou si je l'ai laissée allumée. Si l'électricité est rétablie au beau milieu de la nuit et si le plafonnier s'allume tout seul, je mourrai d'une crise cardiaque, c'est certain. Je me demande s'il ne vaudrait pas mieux que je me taillade les veines tout de suite. Penser à de telles stupidités m'aide à chasser ma peur. Je ferme les yeux. La nuit va être longue. Et – en effet – elle le sera : des branches (griffes ?) heurteront les volets de ma fenêtre, les murs et les meubles craqueront comme s'ils dansaient, l'orage ne se calmera pas avant plusieurs heures. Et – forcément – la lumière se rallumera vers quatre heures du matin, m'arrachant au sommeil. Maman se lèvera, sans doute pour aller vérifier ce qui est allumé ou éteint en bas. Il me faudra très longtemps pour retrouver un rythme cardiaque normal, d'autant plus que – dans le silence revenu – la maison aura repris ses chuintements et ses bruissements ordinaires.

Dans les films de maison hantée, le problème c'est qu'on a l'impression que les personnages n'ont jamais vu ce genre de films, ils montent au grenier ou descendent à la cave en tâtonnant dans le noir, ils ne pensent jamais à un fantôme quand les objets ne sont plus là où ils devraient être, ils ne comprennent pas qu'un meurtre a été commis autrefois dans cette maison, qu'une pièce dérobée cache un cadavre ou que les fondations ont été coulées sur un ancien cimetière. C'est comme si ces personnages avaient grandi loin d'un cinéma ou d'une télévision, ou comme s'ils n'avaient jamais de leur vie regardé un truc juste pour se faire peur. Ils tombent littéralement des nues, ils ne savent pas reconnaître les symptômes et n'ont aucune idée de ce qui se passe autour d'eux. Peut-être est-ce parce que j'ai vu ces films que je pense à un fantôme.

Mais ce n'est pas parce que j'ai regardé des films d'horreur que je sais comment réagir, loin de là. Depuis des années, le cinéma de science-fiction prévoyait des pandémies mondiales, et pourtant cela n'a pas permis aux gouvernements ni aux scientifiques de se préparer. Je m'attends au pire quand le plafond craque ou que les meubles gémissent.

Ce matin, je descends en premier, et c'est moi qui tombe sur le carnage, il me faut une dizaine de secondes pour comprendre ce que je vois : tous les placards sont ouverts, les paquets de pâtes, riz, semoule gisent éventrés au sol. Le réfrigérateur est grand ouvert lui aussi et c'est comme si tout ce qu'il contenait avait été passé dans un mixeur géant : yaourts, saucisses, fromages, courgettes se sont transformés en une sorte de mixture puante sur laquelle les mouches bourdonnent déjà. La porte donnant sur l'extérieur est également ouverte. Je cherche une explication : un animal est entré, il est parvenu à ouvrir les placards et le frigo, il a mangé nos provisions. Mais plusieurs choses ne collent pas, je le sais bien. La seule viande qui était à l'intérieur du réfrigérateur était une barquette de quatre saucisses, en mettant bout à bout les morceaux de viandes écrasés sur le carrelage, je suis certaine que je peux les reconstituer. Rien n'a été mangé. La chose qui a dévasté la cuisine voulait juste se défouler. Des sonnettes d'alarme retentissent dans mon cerveau : hier soir, avec l'orage, nous avons fermé tous les volets, vérifié si toutes les portes étaient bien verrouillées. Je m'approche de celle de l'entrée : un peu de pluie a coulé sur le sol, je ne vois aucune trace de patte, un animal aurait laissé des empreintes. L'esprit vide, je referme. Avec du Sopalin, je nettoie les immondices devant le réfrigérateur. Je passe le balai pour regrouper au mieux les nouilles et les grains de riz, de blé, les lentilles orange et les vertes. À côté de l'évier, le pain et la brioche sont en morceaux. Je les fourre dans un grand sac-poubelle noir, ils n'ont pas été mâchés, déchiquetés par des crocs, ils sont secs, ils ont été réduits en charpie à pleine main. Je nettoie peut-être dix minutes avant de réaliser que je suis en train de pleurer. Je pleure littéralement de peur. Quelqu'un est entré dans la cuisine pendant que nous dormions, quelqu'un qui aurait pu monter les escaliers et pénétrer dans ma chambre ou celle de maman, quelqu'un qui possède – j'en suis sûre – la clé de toutes nos portes.

Quelqu'un ou un fantôme.

Je suis prise de tremblements, la peur est montée par degrés pour finalement m'envahir tout entière, je n'arrive plus à tenir le manche du balai, qui m'échappe des mains, claque contre le sol et m'arrache un petit cri de surprise. Si la personne qui est venue détruire nos provisions est encore là (dans le salon par exemple ? Je ne suis pas allée voir, les volets sont fermés), elle n'aura qu'à se montrer, s'approcher, je suis certaine que je n'arriverai ni à appeler, ni à courir, ni à me défendre. Le tremblement gagne mes jambes, ma mâchoire. Je claque des dents. J'ai déjà lu ça dans un livre : un personnage qui a tellement peur qu'il claque des dents, mais j'ignorais que cela pouvait arriver pour de vrai. Je me sens sans défense et je m'en veux d'être aussi faible, une pauvre fille, une pétocharde. Avant de m'effondrer, je m'adosse contre le mur, me laisse glisser jusqu'à ce que mes fesses rencontrent mes talons, j'attends, il faut que je respire, que je me calme, que je domine mes émotions. J'attends, et – à peine deux minutes plus tard – quand maman entre dans la cuisine, elle me trouve prostrée, en larmes. Elle me prend dans ses bras tout doucement en me demandant ce qui s'est passé. Il me faut longtemps, très longtemps pour maîtriser mes tremblements, chasser mes sanglots et tenter d'assembler les mots restés coincés dans ma gorge.

Le ciel est un vieux chiffon essoré, il porte encore les plis crasseux de l'orage d'hier. La terre avait oublié comment boire autant d'eau, les fossés débordent, la boue adhère aux semelles de mes baskets et je cours pour ne pas crier, ne pas hurler, je cours emportée par la force de ma colère. Mes pieds battent le sol lourdement ce matin, j'aimerais soulever des gerbes de boue, j'aimerais défier le monde, j'aimerais blesser le sentier, qu'il se rende, qu'il demande pardon. Je file dans le sous-bois, je n'ai pas recopié d'attestation de sortie et je m'en contrefiche, j'ai besoin de sentir l'air du matin laver mes poumons, j'ai besoin de fatigue, de muscles chauds et de ne surtout plus réfléchir. Des petits animaux détalent à mon approche, je ne les vois pas – je réentends papa me raconter que les bruits dans les broussailles sont parfois provoqués par des lutins qui souhaitent ne pas être aperçus. Je voudrais qu'il soit là, papa, il aurait sans doute des idées neuves sur la situation, il trouverait peut-être une explication, et je n'aurais plus à batailler contre maman. Je saute le fossé, toujours pas de voiture sur la petite route coupant la forêt en deux, le bitume est trempé, les vents ont arraché des branches mortes, je fonce, trop vite, j'ai déjà un point de côté, je fais n'importe quoi, j'oublie de respirer lentement ; je suis obligée de m'arrêter, pliée en deux, je crache, j'ai le côté droit en feu.

Je réentends maman me dire qu'une grosse bête est entrée dans la maison, je la réentends m'affirmer que l'on n'avait pas vérifié si la porte était fermée à clé, je la revois regarder le saccage et dire que – peut-être – un loup est venu. J'ai eu beau expliquer l'absence de traces de pattes, c'était trop tard, comme une idiote j'avais balayé les indices.

Je crache une nouvelle fois, j'ai la bouche emplie de salive, j'ai un goût de sang sur la langue, je transpire malgré la fraîcheur relative du bois. Un loup ? Maman avait vraiment parlé d'un loup, elle ne plaisantait pas, elle était bel et bien sérieuse. Je ne suis plus une petite fille, les histoires de loup ne me font plus peur. Alors, quelle raison a-t-elle d'inventer la venue d'un loup pour donner une explication à la dévastation de nos provisions ? Il a fait comment le loup ? Il a gonflé ses poumons, soufflé et soufflé encore pour déverrouiller notre porte. Ensuite, en s'essuyant bien les pattes sur le paillasson, il a ouvert le réfrigérateur pour ne rien manger à l'intérieur ?

Je ne sais pas pourquoi maman refuse d'envisager que quelqu'un est entré chez nous. Un être humain, homme ou femme. Je ne sais pas quel mensonge elle invente en parlant de loup.

Tout à l'heure, je suis passée de la peur à la colère. Je tentais de discuter et maman me répondait par des fables. Quelqu'un s'introduit chez nous. Quelqu'un joue avec nos nerfs. Quelqu'un souhaite que nous partions. Ce serait à la police de régler l'affaire si seulement maman acceptait d'aller porter plainte.

Lentement, je me redresse, ça va un peu mieux, le point de côté a disparu. Il faut que je me calme, que je respire amplement. J'aurais dû boire un verre d'eau avant de claquer la porte pour partir courir. Je me remplis de l'odeur des champignons, des moisissures et de l'humidité. Doucement, je repars. Si je veux courir longtemps ce matin, il faut que j'apprenne à utiliser ma colère comme un carburant.

Dans les fourrés, des lutins, des elfes, des esprits et des fées décampent. Qu'ils aillent se faire bouffer par les loups.

À mon retour, je suis en sueur, j'ai couru presque deux heures. Maman est partie refaire des courses, c'est Nono qui me l'explique. Je l'ai trouvé assis sous le grand arbre, il n'avait pas envie de m'attendre à l'intérieur. Maman ne lui a visiblement rien raconté de ce qui s'est passé ce matin. Elle a quitté la maison juste après qu'il s'est levé.

Je n'en reviens pas qu'elle ait osé le laisser seul. Si elle croit vraiment à son histoire de loup, elle n'a pas le droit de partir comme ça.

Nono fait comme si tout allait bien, mais je comprends qu'il a eu peur. Qui n'aurait pas la frousse seul ici ? Maman lui a dit que je courais et que j'allais vite revenir. Nono sur mes talons, je monte dans ma chambre, récupère mon téléphone, redescends. Je ne tente même pas de me connecter sur le site du lycée ou de savoir ce que font mes amis. J'ai deux SMS. Je commence par celui de notre mère, il date d'il y a quarante-cinq minutes, elle m'informe qu'elle doit aller au supermarché et que ça ne sera pas une partie de plaisir avec les pénuries et les files d'attente, elle me reproche aussi d'être partie, elle conclut en espérant que je rentrerai dès que j'aurai ce message pour que Nono ne reste pas seul trop longtemps.

Je n'en reviens pas. Mettons qu'elle ignore que je ne prends jamais mon téléphone lorsque je fais du sport, elle a osé demander à Nono d'affronter seul la maison. La colère m'envahit de nouveau. Je relis le long SMS, maman cherche à me culpabiliser.

Je respire.

L'autre message est de papa. Il va bien. Toujours pas de grande vague de malades à l'hôpital. Et comme les gens ont peur, les urgences sont presque désertes. Les personnes réfléchissent à deux fois avant d'aller à l'hôpital pour un simple bobo. Les rendez-vous ne sont plus accordés qu'aux cas d'extrême urgence. Il nous envoie des bisous.

Longtemps, j'hésite à lui écrire ce qui se passe. Je ne sais pas par où commencer alors je renonce. Je ne veux pas qu'il s'inquiète, je ne veux pas agir dans le dos de ma mère non plus. Je suis totalement démunie.

J'ai aussi le temps de penser qu'Antoine ne m'a pas écrit. Je devrais laisser tomber, je m'en veux d'accorder de l'attention à son absence de réponse. Qu'est-ce que je crois ? Le superhéros du marathon a bien d'autres choses à faire que d'écrire à une fille comme moi. Si cela se trouve, il n'a pas même lu mon message, il l'a supprimé direct.

Je me doucherai plus tard, Nono est trempé, il s'est assis sur une chaise mouillée. Je monte avec lui dans sa chambre, il enfile des vêtements secs et – comme il tourne en rond – je le laisse me massacrer encore une fois au Uno.

La nuit, une fois toutes les lumières éteintes,
une créature muette se glisse dans la maison.
Maligne, elle se dissémine comme un poison,
elle nous contamine, nous portons son empreinte.

Cette chose est invisible, elle n'a pas d'odeur,
elle arpente le grenier et elle vole les jouets,
elle saccage nos provisions, se moque de nos souhaits;
insensible et cruelle, elle dévore nos terreurs.

Certains disent qu'elle est un fantôme, d'autres un esprit,
il se pourrait qu'elle soit une sorte de maladie,
puisque à force nous avons l'impression d'être fous.

Elle s'est peut-être échappée d'un conte de fées,
d'un film d'horreur, d'une malédiction oubliée.
Sans compassion, elle nous bouffera comme un loup.

Jusqu'à mes oreilles les rumeurs du monde parviennent à se faufiler. En allant sur les réseaux sociaux, je lis que la maladie n'existe pas, qu'elle existe bien mais qu'elle a été volontairement inoculée par des industriels aux populations, qu'elle est propagée par les nouvelles antennes 5G qui – un peu partout – apparaissent depuis des mois, qu'elle est une arme secrète, qu'elle est programmée pour ne toucher qu'un certain type de population, qu'elle a été mise au point par un laboratoire médical qui attend le plus haut pic de contamination pour vendre un vaccin à prix d'or. L'inquiétude, la peur, l'angoisse forment un terreau idéal pour faire pousser les théories les plus dingues. Sur mon compte Instagram j'écris que le virus a certainement été déposé sur Terre par des extraterrestres avant l'apparition de l'humanité, et que ce n'est pas un hasard s'il se réveille maintenant alors que l'on parle sérieusement d'aller fonder une colonie humaine sur Mars. Ensuite, je coupe tout. J'espère que l'on comprendra mon humour, mais je suis sûre que certaines personnes me prendront au sérieux ou me jugeront frappée. Je ne supporte plus celles et ceux qui – cachés derrière leur écran – semblent mieux savoir que tout le monde ce qu'il faut faire pour se protéger du virus.

Ça me fait du bien de lire ce ramassis de stupidités, ça me remet la tête à l'endroit. Je repense aux fantômes et aux loups, je me dis qu'il y a une explication logique. Croire que la maison est hantée est une fainéantise de l'esprit. Tout comme croire que le virus qui touche actuellement le monde entier serait dû à un vaste complot. On passe notre temps à inventer des causes à ce qui nous touche.

Je suis allongée sur le lit, la maison est froide, calme, humide, comme une vipère, je pense, et je me force à abandonner ces comparaisons, elles ne servent qu'à entretenir mon malaise.

On m'a raconté que j'ai parlé tard, que j'ai marché tard aussi ; jusqu'à mes deux ans, je me traînais sur mes couches et je babillais des trucs incompréhensibles. Mes parents ont consulté un pédiatre pour savoir si je n'étais pas retardée ou légèrement débile. Ils me l'ont raconté plus tard, en se moquant d'eux-mêmes. Le médecin leur avait expliqué ce qu'ils savaient déjà : les apprentissages varient en fonction des individus, ensuite la société fait une moyenne entre les âges de ceux qui marchent tôt et de ceux qui marchent tard, puis tout le monde se sert de ce chiffre moyen pour le transformer en norme. Si un enfant ne marche pas entre quinze et dix-huit mois, les regards sur lui deviennent soupçonneux. Papa et maman s'en sont voulu de s'être laissé contaminer par le doute. Eux savaient que j'allais bien, mais, du matin au soir, les commerçants du quartier, les autres parents à la crèche ou leurs amis s'étonnaient de me voir le cul par terre. On veut tous nous faire passer au même moment par le même chas de la même aiguille. On ne cherche plus à prendre son temps, voire à remettre en question la nécessité de s'engouffrer dans le chas de l'aiguille.

C'est ce que j'ai envie de répondre lorsque mes amies cherchent à m'inventer des plans avec un garçon, mais je me tais, je suis déjà bizarre, je ne vais pas en rajouter.

En plus, j'écris des poèmes.

Je viens d'en envoyer un à Mme Kaplan. Je le coupe-colle pour Antoine. Ça lui musclera les pouces de devoir l'effacer de son téléphone.

Franchement, à quoi ça sert d'écrire des poèmes ?
Qui prendra le temps de les lire ? de les comprendre ?
Qui aura donc envie de se laisser surprendre ?
Compter les pieds, chercher les rimes, quelle flemme !

La poésie ne sert à rien, elle n'est d'aucune
utilité, les gens pressés la fuient, la moquent,
jugent que c'est un vieux truc, d'une autre époque.
Elle n'a plus sa place au sein de nos vies communes.

Et pourtant, peut-être qu'elle permet de regarder
ce que l'on a sous les yeux et que l'on oublie
de saisir, puisque nous sommes pressés, envahis

par mille choses toutes plus urgentes, sans garder
le temps de rêvasser, d'observer une fleur,
un caillou, un nuage, le désir d'un ailleurs.

Ce midi, ma famille me manque, ma famille d'avant, celle des éclats de rire partagés. Nous mangeons dans la cuisine, dehors le grand chêne n'en finit plus de s'égoutter sur la table, maman est revenue très tard des courses, elle a fait la queue une heure pour entrer dans un petit supermarché aux rayons presque vides. Les gens ont craint une pénurie, ils ont stocké les pâtes, le riz, le blé, la farine… Maman a acheté des plats surgelés tout prêts, son visage est muré, nous mangeons tous les trois en silence et je pense à autrefois, au plaisir des repas, chez nous, aux conversations à quatre, parfois décousues, à maman se mettant à chanter des vieux trucs de variété pendant que papa se levait pour mimer des chorégraphies. Les repas ont toujours été un grand moment d'échanges, je m'en suis rendu compte en déjeunant ou en dînant chez des amis, en réalisant que, dans de nombreux foyers on ne se dit rien, on regarde la télé, ou pire : les enfants et les ados mangent avant les parents. Chez nous, on parle de tout et de rien : de l'école, de nos joies, nos peurs, nos envies, on planifie les vacances, maman raconte des anecdotes sur son travail : les photos de bébés moches que les clients viennent faire encadrer, des dessins maladroits. Des gens dépensent des fortunes pour encadrer un article découpé dans le journal où leur fille apparaît, floue, dans un justaucorps de son club de gymnastique. Papa raconte la vie à l'hôpital, les fous rires aux urgences parfois, ses colères quand le même type ivre revient huit fois de suite en deux jours. Je sais qu'il ne dit pas tout, il doit être souvent confronté à des drames, voir des gens souffrir, des gens brisés en deux par la mort d'un proche. Souvent aussi, nous parlons du monde tel qu'il est : l'écologie, la politique, les grèves, les violences policières, le cynisme des milliardaires et des gouvernements, tout ce qui va mal, tout ce qu'il devrait être possible de changer. Et, quand les conversations menacent de nous casser le moral, maman se met à chanter en pouffant de rire. Voilà à quoi ressemblent nos repas. À quoi ils ressemblaient, plutôt. Je mâche en silence, Nono tapote un rythme du bout de sa fourchette contre le bord de l'assiette, maman lui demande d'arrêter et il arrête. Personne n'a de blague à raconter. Personne n'a rien à dire. La nourriture dégringole dans mon estomac comme une pierre jetée dans un puits, je me sens terriblement triste. À force d'inventer des mensonges pour protéger Nono ou ne pas lui dire certaines choses, la conversation n'est plus possible, sauf à mentir de nouveau.

Vite, le repas est fini, maman se lève sans un mot. C'est mon tour de vaisselle.

Tout à l'heure, j'ai supplié maman de nous conduire chez nous. Tant pis pour la police, tant pis pour la maladie. Je n'en peux plus de cette maison, de ce poids comprimant ma poitrine. Ce serait simple, non ? On fait les valises, on referme les volets, les portes, l'électricité, le gaz, on prend ce qui est périssable et on rentre à Nantes, où l'épidémie ne se déclare toujours pas. Nous ne sommes pas en sécurité ici, autant rentrer chez nous.

Maman m'a regardée en silence, elle a haussé les épaules.

Ce n'est pas possible qu'elle refuse de me répondre.

Pas possible.

Alors j'ai insisté et elle m'a ordonné de me taire.

J'ai voulu savoir pourquoi on ne pouvait pas rentrer.

Ce n'est pas si facile, elle a dit.

Je ne voulais pas lâcher, je me suis mise en face d'elle.

Quoi, je criais presque, *qu'est-ce qui n'est pas si facile ?*

Maman a semblé sur le point de me gifler, je ne l'avais jamais vue comme ça, jamais. Elle tremblait, de la tête aux pieds. J'ai eu un mouvement de recul, j'ai eu peur d'elle.

De toute façon, il est impossible de trouver de l'essence.

Et point final.

Elle m'a laissée là, suffoquant de colère et d'incompréhension.

Cela ne fait pas six jours que nous sommes enfermés ici, et cette bâtisse a déjà gagné une bataille : elle a dévoré notre complicité. Je repense à la lettre abandonnée dans la boîte, la chaîne de la chance. Qui rompt la chaîne s'attirera une malédiction. J'ai presque envie d'aller fouiller dans le cageot où s'empile le papier à recycler pour la retrouver et la recopier. Presque. On nous oblige déjà à recopier des attestations pour avoir le droit de sortir de chez nous, j'ai ma dose de corvées.

Le soleil, dehors, est revenu. La terre finit par sécher, maman fait travailler Nono, j'en profite pour ouvrir à nouveau tous les placards et faire entrer l'air dans toutes les pièces de la maison. Du poing, je sonde les murs. Je ne sais pas trop ce que je cherche, j'ai l'esprit encombré d'extraits de films où des gens se cachent dans une pièce secrète. Nous sommes coincés ici ; pour une raison qui m'échappe, maman ne fera pas machine arrière, je bugue, cette pensée tourne en boucle dans ma tête : coincés, coincés, coincés…

J'ai beau chercher, il n'y a rien ni personne, rien que nous. Je remonte au grenier, la lampe de mon téléphone allumée pour explorer les moindres recoins. Vraiment rien. Nous sommes seuls. Le village est à plusieurs kilomètres, la ferme la plus proche se trouve à vingt bonnes minutes de marche. Si quelqu'un entre et sort à sa guise, il arrive de loin et est à pied, sinon on entendrait le bruit d'un moteur. À moins qu'il ne se déplace à vélo ?

Je sors, je vais marcher sur la route, je fais des recherches sur mon téléphone. Un fantôme est une apparition surnaturelle d'une personne morte. C'est aussi une chose ou un souvenir du passé qui hante la mémoire. Le mot vient du grec *phantagma*, qui signifie *apparition* ou *vision*. Je trouve une autre définition : autrefois, un fantôme était une planchette de bois que l'on glissait dans une bibliothèque pour marquer l'emplacement d'un livre emprunté.

Je passe devant le panneau La-Gueule-du-Loup. J'ai envie de lui balancer un coup de pied. Je cherche sur Internet si des loups vivent encore dans la région, je trouve peu d'informations, un roman historique évoque une attaque de loup, mais il se déroule au XVIIe siècle. J'élargis les recherches. Le loup est un symbole de sauvagerie. Dès l'Antiquité gréco-romaine, on menaçait les enfants désobéissants d'appeler la louve Mormolycé pour les punir. Le loup servait de croque-mitaine : il viendrait dévorer ceux qui n'avaient pas été sages. Dans de nombreuses croyances, les esprits de la forêt se transforment en loup – tout comme dans *Princesse Mononoké*, je pense. Le mythe du lycanthrope date lui aussi de l'Antiquité : des hommes maudits par les dieux se transforment en loups. Au Moyen-Âge, cette transformation est un pouvoir que les superstitions attribuent aux sorciers. Souvent, le loup est associé à l'apocalypse, comme – dans la mythologie viking – Fenrir, le loup géant ennemi des dieux. Je lis aussi que le loup est l'incarnation du désir sexuel, et que, dans bien des croyances, la louve est le symbole de la débauche.

Passe une voiture, la première depuis que je marche au hasard en bord de route. À l'intérieur, deux hommes se tordent le cou pour me contempler, je ne me retourne pas mais je suis certain que le passager, lui, ne s'est pas gêné pour mieux me mater. Je porte un short, un short très court. Je déteste quand le regard des hommes m'oblige à prendre conscience de mes vêtements. J'ai le droit de m'habiller comme je veux sans que des yeux cherchent à se glisser dans les échancrures. Encore une fois, je suis sortie sans papiers ni attestation. Je fais demi-tour. Maman est toujours occupée à faire cours à Nono. Je m'installe à l'autre bout du jardin, à l'arrière de la maison. Je ne sais pas à quoi vont me servir mes recherches sur les loups et les fantômes. La maison, elle, s'en fout. On n'a pas ouvert les volets de la quatrième chambre de l'étage, la façade paraît cligner de l'œil. Je crois bien qu'elle se moque de moi.

Je m'emmerde, c'est triste, je me sens captive
dans cette maison différente de la mienne.
Mes pensées explosent en tempêtes crâniennes,
j'en perds mon sourire et mon humeur combative.

Je ne suis pas chez moi, ce n'est pas mon histoire,
je n'ai pas Internet ni de données mobiles,
pour être honnête : j'étouffe à rester immobile.
La pandémie a remporté cette victoire.

Je n'en peux plus, je tourne en rond, je fais des bonds.
Je suis loin de mes affaires et de ma cité,
c'est lourd d'être sans nouvelles, dans la vacuité.

À force, je me sens devenir comme un pion.
J'en ai marre, je veux être à mon appartement,
je ne supporte plus ce lourd confinement.

Furieuse, maman entre dans ma chambre, elle n'a pas même pris la peine de frapper, elle ne me laisse pas le temps de protester, me demande si j'ai pris un livre sur son lit ; je mens, je réponds *Non*. Maman fait deux pas, j'ai peur qu'elle ne se mette à fouiller partout, je l'ai rarement vue dans cet état, elle semble bouleversée. En fait, je ne la voyais jamais dans ce genre d'état avant, c'est nouveau. Elle jette un regard circulaire sur la pièce et ressort sans me donner d'explication.

Je ne sais pas pourquoi j'ai menti. Je ne sais plus ce que j'ai fait de ce vieil exemplaire des *Fleurs du mal* ; je crois l'avoir jeté sur mon lit, je soulève le drap, il n'est nulle part, je me dis que la chose qui ne cesse d'entrer et de sortir l'a emporté, je m'accroupis et je le trouve : sous le sommier. Il a dû glisser. Je n'ose l'attraper, de peur que maman ne déboule à nouveau, je l'entends interroger Nono, comme s'il allait s'intéresser à un bouquin de poésie. Pour rien au monde Nono ne touchera un livre, il a trop peur qu'on l'oblige à le lire.

J'attends que passe l'orage. L'orage finit toujours par s'éloigner. Les pas de maman s'éloignent dans l'escalier, je récupère le bouquin, m'allonge, prête à le dissimuler sous l'oreiller en cas de nouvelle approche de l'orage maternel, je l'ouvre au hasard, *Spleen et idéal*, tourne quelques pages sans tenter de lire les poèmes. Çà et là, des coups de crayon soulignent quelques mots. À la fin des vers d'un poème nommé *Sonnet d'automne*, une main a noté des repères pour identifier les rimes : A, B, B, A / A, C, C, A / D, A, A / D, A, D ; je siffle entre mes dents, les contraintes que s'imposait Baudelaire sont autrement complexes que les miennes. L'écriture manuscrite en bout de vers est appliquée, les lettres sont rondes. J'imagine maman collégienne penchée sur l'ouvrage. Je vérifie, elle avait écrit son nom au crayon à papier sur la toute première page. Je le feuillette encore et je tombe dessus : des notes dans les marges, minuscules, écrites au crayon elles aussi, serrées, un peu effacées, elles commencent en marge d'une partie intitulée *Femmes damnées, page 123*, et elles courent jusqu'à un autre ensemble de poèmes nommé *Un fantôme*, page 188. Je ne sais pas si le choix de ces poèmes-là est un hasard, je préfère ne pas m'interroger inutilement, j'ai déjà assez à faire avec ce que je parviens difficilement à déchiffrer. Très vite, mes yeux se brouillent. Je pleure, je n'arrive plus à lire une ligne de cette écriture appliquée, minuscule, qui part du bas de la page, remonte jusqu'au haut. Je pense à un hurlement étouffé. Je ne sais pas si je pleure à cause de ce qui est écrit ou à cause du geste qui a consisté à exprimer noir sur blanc un terrible drame pour aussitôt refermer le couvercle dessus en le cachant le plus discrètement possible entre les pages de ce livre. Ce que je lis est à la fois un appel au secours et une résignation. Je suis certaine d'être la première à lire ces lignes. Et je suis certaine que le livre est resté fermé depuis qu'il a servi à enterrer cette confession. Il est demeuré clos, il a été empilé au grenier, il a été oublié. Ça, j'en suis sûre.

Le loup vient quand et comme il veut. Le loup vient me bouffer. Le loup vient me déchirer le ventre. Le loup m'a prévenue : si je crie, si je parle, si je dis quoi que ce soit à papa et maman, le loup m'arrachera la tête, il jettera mon corps dans la rivière.

Le loup entre la nuit dans ma chambre.
Le loup ouvre grand sa gueule, il me fera mal si je ne suis pas gentille.

L'haleine lourde du loup sur mon visage, mon corps n'existe plus, mon corps est dissous ; ses mains enfoncées autour de mes poignets, ses genoux d'un coup entre mes jambes, le loup sourit, voûté sur moi, ses yeux jaunes brillent de violence, l'haleine puante du loup toujours trop proche.

La gueule puante du loup.

Tu es un fruit, dit le loup. Le jus de ta chair m'appartient.

Si tu ne te tais pas, je vais te bouffer tout entière.

Combien de fois, déjà? Je voudrais les oublier. Après chaque passage du loup, je me lave, longtemps. Maman m'a surprise dans la salle de bains, elle m'a grondée, je gaspille l'eau.

À table, ce soir, j'ai vu aux regards par en dessous du loup qu'il viendrait me rejoindre dans ma chambre.

Parfois, j'aimerais que le loup me tue.

Je suis un loup, il m'a dit. Ce n'est pas un hasard si cette maison se trouve à La-Gueule-du-Loup, c'est moi, le loup.

Je voudrais mourir, je voudrais me pendre à la branche du chêne, devant la maison, papa et maman me découvriraient et ils seraient bien obligés de comprendre ce qui se passe dans cette maison, le soir, le mercredi, quand ils ne sont pas là.

J'ai dit à maman que j'avais mal au ventre, elle m'a répondu que ce n'est rien, que j'ignore ce que c'est d'avoir mal, que je verrais plus tard ce que signifie vraiment avoir mal.

Papa, en partant, m'a dit qu'il rentrerait tard, et qu'il faudrait que j'obéisse à mon frère. Dans mon dos, le loup déjà se léchait les babines.

Le loup vient. Je me tais. C'est ma faute de toute façon, le loup m'a dit que c'est moi qui l'avais réveillé. C'est parce que je suis sale que le loup vient. Une sale gamine qui mérite d'être punie.

Si j'en avais la force, je cacherais un couteau dans mon lit pour tuer le loup. Mais il est trop fort pour moi.

Les nuages changent de forme, l'herbe pousse, le grand chêne perd puis refabrique ses feuilles, et le loup est venu, vient, viendra.

Je voudrais n'être jamais née.

Je suis vilaine, vilaine, je mérite d'être punie.

Je suis sale.

Papa et maman t'ont fabriquée pour que tu sois mon jouet, a dit le loup.

Si j'étais normale, si je n'étais pas une sale gamine, jamais le loup ne serait venu. C'est ma faute si le loup vient. Mon frère m'a dit qu'il souffrait par ma faute.

Je suis une mauvaise fille, je suis une saleté, je suis une erreur et le loup vient me punir pour ça.

…

…

…

Je ne peux plus.

Je

ne

peux

plus.

J'arrête de lire.

C'est insupportable.

J'ai le cœur qui bat, je me jette en arrière, je ne comprends plus rien. Un long moment, j'écoute ma respiration. De ma main droite, j'écoute battre la veine au poignet de la gauche, ça me calme, ce rythme, le sifflement du sang, la vie.

Le loup.

Mon frère est un voyou.

Des choses s'assemblent douloureusement.

Oh, maman, tu n'as rien fait de mal. Je voudrais aller la voir, lui parler, lui dire, mais je ne veux rien brusquer.

J'écoute les battements de mon cœur, ce qui a été n'est plus pareil. Ce que j'ai trouvé vient de tout transformer.

Je ne sais pas quand maman s'est souvenue de l'existence de cette confession. Dès que nous sommes arrivés dans cette maison ? Avant ? Ce livre, plusieurs nuits elle l'a cherché dans le grenier, elle ne voulait pas prendre le risque que l'on tombe dessus, ou – plus probablement – elle voulait peut-être savoir s'il existait vraiment ou s'il était né de son imagination. Je pleure, je n'ai pas la force de lutter contre mes larmes. Le fantôme existe bel et bien, j'en ai la preuve, il est là, il se superpose à chaque meuble, il rôde dans chaque recoin de chaque pièce. C'est sa présence qui poisse l'air que l'on respire, qui coupe le souffle, rend le sommeil si fragile. C'est lui qui se tient à l'orée du regard, prêt à nous sauter dessus depuis le passé.

Oh,
maman,
j'ai envie de te prendre dans mes bras,
il faut que l'on parte,
que l'on quitte cette maison,
ce qu'elle contient est en train de te dévorer,
le loup longtemps enchaîné s'est libéré.

Les branches du haut cèdre ont fini de s'égoutter, le sol garde l'humidité, nous avons réinstallé deux chaises, nous jouons. Le rire de Nono empêche le monde de s'écrouler tout à fait. Il est bientôt dix-neuf heures, je m'occupe de mon frère depuis quinze heures, je lui ai fait faire ses exercices de mathématiques, puis on s'est réfugiés dans son terrier, on a fait cent parties de Dessiner c'est gagné, mille parties de Uno et on doit en être à la dix-millième de Président. Il gagne à chaque tour, je lui laisse mes deux plus fortes cartes, je ne suis pas vraiment au jeu, mais peu importe, Nono rit. Une goutte parfois tombe sur la palette qui nous sert de table, ou dans mon cou. Ça sent la terre, la sève, le champignon, la pourriture et la vie. Le bateau a chaviré, nous sommes sur une île, abandonnés sur la grève, les hautes vagues nous ont malmenées et nous n'osons pénétrer dans la jungle dense. Je me sens naufragée. Je ne cesse de penser à maman. Sous prétexte d'aller aux toilettes et de chercher un goûter, je vais régulièrement la voir; elle faisait une sieste en début d'après-midi, elle lisait ensuite, elle semblait calme, détendue, elle m'a remerciée de m'occuper de Nono, je lui ai répondu qu'elle avait le droit de souffler un peu. Je ne lui ai pas dit que je l'aimais, elle n'aurait pas compris, elle se serait sans doute inquiétée. Je préfère qu'elle ne se doute de rien.

Est-ce que maman est folle ?

Je ne crois pas, c'est bien plus sombre et compliqué que ça.

La folie, en définitive, ce serait une issue commode.

Avec Nono, nous sommes deux naufragés, le monde est hostile, nous jouons et j'aimerais m'étourdir au jeu, ne plus penser, ne plus attendre, faire que cessent enfin les questions.

Je n'ai pas prévenu maman ni mon frère que j'ai appelé papa. Par chance, il est en congé aujourd'hui, il récupère plusieurs gardes d'affilée.

Lui parler a été la chose la plus difficile de ma vie.

Il n'a pas le droit de venir, il lui est interdit de se déplacer pour limiter la propagation de l'épidémie. Il m'a écoutée, il a posé quelques questions, il a réfléchi, et il m'a dit qu'il allait emprunter la voiture d'un ami. Il est parti à quinze heures, il a cinq heures de route.

J'ai peur que la police ne l'arrête et ne l'empêche d'arriver,

j'ai peur qu'il ne roule trop vite,

j'ai peur qu'il n'ait un accident, il doit être épuisé d'avoir peu dormi ces derniers jours,

j'ai peur que maman n'ait lu sur mon visage ce que j'ai découvert,

j'ai peur que le loup ne revienne,

j'ai peur que maman ne commette une chose irréversible,

j'ai peur de m'être trompée,

j'ai peur,

et Nono en profite pour gagner une nouvelle partie.

La terre colle encore un peu aux chaussures, la longue silhouette du cèdre entortille ses branches pour nous protéger.

C'est notre île, notre palmier, notre rivage. Les oiseaux chantent, ils trouvent toujours la force de chanter.

D'un doigt, je touche la veine qui palpite bien trop fort à mon cou, j'ai envie de retourner encore aux toilettes. Je pensais que le siège des émotions était la tête, ou le cœur à la rigueur, comme dans les poèmes : des organes nobles. Mais non, en vérité, les émotions siègent dans les intestins. Ça se tord dans mon ventre, ça grouille, ça se gèle, ça se serre douloureusement. C'est le siège des sentiments, les intestins. Des frissons en déboulent et escaladent mes nerfs, j'ai froid, j'ai chaud, ce sont les intestins qui commandent.

J'attends autant que je redoute l'arrivée de papa.

À dix-neuf heures trente, j'entends le moteur d'une voiture, suivi d'un bruit de roues sur les graviers de l'allée, Nono veut savoir qui est là, je raconte le mensonge que j'avais préparé, une livraison de nourriture. Pour éviter le plus possible les contacts avec une personne étrangère, je lui explique qu'il vaut mieux que l'on ne s'approche pas.

Nous sommes toujours sous le cèdre ; avec de la corde trouvée dans la remise nous avons suspendu une planche pour faire une sorte de banc sur lequel mon frère peut s'allonger et se balancer.

Je me sens tout à la fois terriblement soulagée – papa est arrivé sain et sauf – et dévastée à l'idée de mentir à Nono, de ne pas lui avouer ce qui se passe.

Je commence à inventer une histoire. Mme Kaplan m'a toujours dit que j'ai de l'imagination, autant m'en servir. Au début j'hésite un peu, Nono ne voit pas où je veux en venir, puis peu à peu, je gagne de l'assurance et il m'écoute : *Tu sais,* je dis, *la mère d'une amie un jour a piqué une crise de nerfs dans un avion, elle partait en vacances avec sa famille, et au moment de monter dans l'appareil elle s'est mise à trembler, puis à crier. L'équipage a appelé les secours, son mari n'arrivait pas à la calmer, ses enfants étaient paniqués, un médecin est venu lui administrer un calmant, ils ont dû débarquer, les soutes de l'avion ont été ouvertes pour récupérer leurs bagages, ils n'ont pas pu partir. Le vol a décollé avec deux heures de retard, les autres passagers les ont maudits. Cette femme a été conduite à l'hôpital, elle s'était endormie. À son réveil, elle ne se souvient de rien, les médecins l'examinent, ne comprennent pas ce qui a bien pu se passer, son mari n'a aucune explication, les médecins veulent savoir si elle a la phobie de l'avion. Le mari explique qu'ils n'ont jamais pris l'avion depuis qu'ils se connaissent, mais qu'ils avaient préparé leurs vacances ensemble, c'est elle qui avait trouvé et réservé les billets. C'est totalement incompréhensible, elle l'aurait dit si elle avait peur de l'avion. Un médecin suggère alors d'appeler les parents de la femme, il s'est peut-être passé un drame dans un avion avec eux lorsqu'elle était enfant. Le mari répond qu'il n'a jamais connu les parents de son épouse, ils sont morts lorsqu'elle était enfant. Mort comment ? Là, il réalise qu'il n'en sait rien, son épouse a toujours évoqué un accident sans entrer dans les détails ; il a bien senti qu'il s'agissait d'un sujet douloureux, il n'a pas insisté, se disant qu'un jour elle aurait envie de lui raconter ce qui s'était vraiment passé. Le doute est là, le mari téléphone à la sœur de son épouse, plus âgée, elle lui apprend que leurs parents sont morts dans un accident d'avion.*

Nono m'écoute tout en se balançant sur sa planche. *Le plus extraordinaire, en fait, c'est que la femme avait réellement oublié comment étaient morts ses parents. Quand elle est entrée dans l'avion, son cerveau a simplement envoyé un signal de danger qui lui a fait péter les plombs.*

C'est pas possible, fait Nono. Et je lui explique que ça porte un nom : le déni. Quand on vit un drame, parfois, le cerveau l'oublie pour se protéger. C'est comme quand on colle un chewing-gum sous une table, on le planque, il est hors de vue, mais on risque un jour de le retrouver en passant la main. Je ne suis pas très fière de cette métaphore, mais tant pis, elle est plutôt claire.

Nono se tait, sans doute se demande-t-il pourquoi je lui raconte la crise de cette femme.

Tu penses que maman a oublié des trucs qui se sont passés quand elle était enfant ? me demande-t-il. Et là, c'est moi qui craque, je pleure. Il faut que je me ressaisisse, je ravale mon émotion, je respire lentement.

Une dernière fois, je pense que je me fais peut-être des films, je suis peut-être folle. En début d'après-midi, au téléphone, papa a dit *Tu es sûre ?* Et j'ai répondu *Non, je ne suis sûre de rien.* J'ai raconté comme j'ai pu à papa : quelque chose rôde dans la maison, quelque chose veut nous faire partir de la maison tout en cherchant par tous les moyens à nous empêcher de fuir, quelque chose de paradoxal et de contradictoire se produit. C'est cette chose qui a cherché au grenier un livre qu'elle a fini par trouver et que j'ai ouvert par hasard. Dans les pages du livre, une enfant a raconté qu'un loup la dévorait et que ses parents n'ont jamais rien vu, jamais rien entendu. Voilà les faits. Et maman est si mal depuis que nous sommes là, et maman déteste tellement son frère, et maman nous dit qu'il y avait des loups dans le coin, où – d'après Internet – ils ont disparu il y a plus de deux siècles. C'est tout ce que je pouvais dire. Le reste, c'est papa qui l'a deviné. Il s'est toujours douté de quelque chose, dans les silences de maman, dans certaines réactions. Papa a l'habitude d'accueillir aux urgences certaines personnes qui ne savent plus pourquoi elles sont venues, qui n'ont plus les mots pour raconter. Au téléphone, c'est lui qui a prononcé le mot « inceste ».

Un mot terrible, un mot qui blesse les bouches qui l'articulent. Puis il m'a expliqué qu'il serait là ce soir.

Descendu de sa balançoire, Nono me demande pourquoi je pleure. Je ne sais plus que lui répondre. C'est à ce moment que nous entendons la voix de notre père nous appeler.

Joséphine ! Noam !

Nono bondit à bas de la planche.

Papa !

Il s'élance, s'arrête une demi-seconde, se retourne vers moi. La joie immense de son visage se voile. Il m'observe essuyer mes larmes. Sa joie s'effondre dans la gravité. Il sait, il est intelligent, très intelligent, il sait à cet instant que papa n'est pas venu nous faire une surprise agréable, il sait que je sais, il sait que toute cette histoire est sans doute un drame immense. Il se retourne, s'engouffre dans le tunnel, court retrouver nos parents. Je renifle, et j'emprunte le même chemin.

Cette maison est un vieux chiffon, une éponge,
elle absorbe les ondes, les souvenirs, les violences.
Les vieilles douleurs empuantissent son ambiance.
Le passé résonne, son écho nous ronge.

Ce qui s'est produit entre les murs demeure
suspendu, intact, incrusté dans l'air, nocif ;
l'acide ronge chaque pièce, corrosif.
Le passé, sournois, bestial, attend son heure.

Une malédiction est une chose invisible,
muette, aveugle, sourde et surtout insensible.
Personne n'a rien vu, personne n'a rien entendu.

Alors, seule la tapisserie se souvient :
la douleur, la souffrance, les cris, elle retient.
La maison est emplie d'un lourd crime suspendu.

La rue en bas de chez moi est déserte. De temps en temps passe un joggeur ou un type qui promène un chien. J'ai lu sur les réseaux sociaux que, comme il est permis de sortir de chez soi avec un animal, certaines personnes empruntent les chiens de leurs voisins. Les trois semaines de confinement sont devenues un mois et demi. C'est très égoïste sans doute mais je m'intéresse assez peu à la maladie, ou plutôt, si, je sais qu'elle est là, j'écoute parfois les informations, on en parle avec papa quand il rentre de l'hôpital, mais forcément il y a bien plus important pour nous tous.

Après les cafouillages timides de la première semaine, je suis redevenue une lycéenne à temps complet, les cours ont repris : exercices à rendre, téléconférences, leçons à distance ne m'ont pas trop laissé le temps de m'ennuyer. Et c'est tant mieux, m'occuper m'évite la tentation de me cogner la tête contre les murs. Je passe pas mal de temps à aider Nono. Papa continue d'aller travailler, mon frère a beau être très intelligent, il n'est pas vraiment autonome pour suivre les cours sur Internet.

Le lendemain du jour où papa nous a rejoints, nous sommes partis tous les quatre tôt le matin ; sur le chemin du retour, il s'est pris la tête avec un policier qui ne voulait pas nous laisser passer. Nous avions fait nos bagages la veille au soir, le matin nous avions refermé les volets, coupé les compteurs d'eau et d'électricité, rangé la table et les chaises en plastique dans la remise. Au dernier moment, juste avant de monter dans la voiture, j'ai couru et j'ai récupéré la lettre avec la chaîne de la chance. Je me suis promis de la recopier pour que maman aille mieux. Non pas que je croie aux pouvoirs magiques d'un bout de papier, juste pour avoir quelque chose à faire. Je me sentais tellement impuissante ou inutile, alors va pour la magie.

Nous sommes rentrés dans la voiture que papa avait empruntée. La nôtre est restée à La-Gueule-du-Loup, dans le garage de la maison. Papa ira la récupérer le jour où tout sera fini. Alors, il mettra la maison en vente.

Le flic nous a flanqué une contravention de cent trente-cinq euros. Comme papa s'énervait il a menacé d'en multiplier le montant par quatre, puisque nous étions quatre dans la voiture. En temps ordinaire, je crois que papa aurait vraiment pété les plombs ; là, il a pris sur lui : l'important était que nous puissions rentrer chez nous.

En reprenant possession de ma chambre, j'ai retrouvé dans l'un des tiroirs de mon bureau le badge offert par Fatou. MON CORPS / MON CHOIX. Je l'ai épinglé sur mon sac. Lorsqu'il sera de nouveau possible de sortir de chez soi, je le porterai avec fierté.

Nos parents sont allés porter plainte contre le frère de

maman. Elle avait neuf ans lorsqu'il a abusé d'elle, j'ai appris. Il en avait seize. C'était la conclusion dramatique d'une enfance entière où il l'avait maltraitée en douce. La justice ne pourra sans doute pas faire grand-chose, cette affaire est trop vieille, le frère de maman était mineur lui aussi. Mais cette plainte est importante. Je n'en ai pas vraiment parlé avec papa, nos conversations sont encombrées par de nombreux obstacles invisibles, mais je crois bien que la plainte est surtout là pour que soit consigné noir sur blanc que ce drame s'est bel et bien déroulé.

Maman n'est pas folle. Ça, c'est l'une des choses que papa nous a expliquées.

Une fois par semaine, on imprime une attestation et on va lui rendre visite. Elle a été hospitalisée, elle se repose, elle en a besoin. Elle se remet. J'ai découvert une chose très importante : on peut être blessé, se cacher à soi-même sa blessure et commencer à en souffrir trente ans plus tard.

Quand papa rentre d'une garde de vingt-quatre heures aux urgences, il se douche, fait une machine avec ses vêtements, nettoie la poignée de la porte, les clés ; et nous vivons dans l'attente qu'un médicament vienne vaincre la maladie. Pour l'instant, nous ne l'attrapons pas, mes amis non plus.

Je cours chaque jour une heure, sans m'éloigner de plus d'un kilomètre, comme un poisson nage dans son bocal. J'ai envie de grands espaces. Parfois, les petits bois et les chemins de terre autour de La-Gueule-du-Loup me manquent. Mais, quand je rentre à la maison, je suis chez moi.

Maman n'est pas folle, non. Enfant, terriblement blessée, son cerveau a décidé d'oublier tout ce qui s'était passé. Adulte, revenue dans cette maison, la masse obscure de ce qui avait été caché a pris de temps en temps le contrôle de ses gestes. Ce n'était pas vraiment maman qui déchirait le doudou de Nono ou balançait contre le mur un lapin mort certainement trouvé au bord de la route, c'était une petite fille terrifiée qui voulait que l'on quitte la maison où elle avait été agressée et violée.

Ça y est, j'ai fini par l'écrire dans mon journal, ce verbe. Il devrait trouer le papier, déchirer la page, emporter le cahier tout entier. Il est terrible, ce verbe.

Il m'arrive de compter les nuages. Ironie du sort, le printemps est magnifique alors que nous ne pouvons plus en profiter.

Les noms des lieux ont une influence sur celles et ceux qui y habitent. J'ai fait une recherche, de Tue-Loup à Gratteloup, du Loup-Pendu au Pas-du-Loup, d'innombrables lieux ont gardé la mémoire de la présence des loups, autrefois. Il est également possible que son frère ait joué à l'effrayer en endossant le rôle du loup. Peu à peu, maman se souvient : de ce qui s'est passé autrefois, d'avoir écrit ce qui s'était passé en le cachant entre les pages d'un livre, et de l'état second dans lequel elle a agi lorsque nous sommes partis nous réfugier à La-Gueule-du-Loup.

Maman n'est pas folle. Enfant, elle a bricolé les moyens de survivre, elle a dressé des murs dans sa tête pour empêcher la folie de passer. Des murs de paille, des murs de bois, des murs de brique.

Je passe assez peu de temps sur mon téléphone, mais je suis contente de pouvoir me connecter quand je veux. J'écris chaque jour à mes amies : Fatou, Lucie, Célia ; elles vivent comme elles peuvent ces temps étranges. Célia nous organise des séances de sport via WhatsApp : gainage, fessiers. Je fais parfois de la gym avec elle, à distance. On se parle chaque jour. Elle répète sans cesse qu'il est hors de question de grossir du cul pendant le confinement.

Mes amies ont compris que quelque chose s'était passé. Il est encore trop tôt pour que je leur explique. Mais je sais que je le leur dirai. Le secret ne fait qu'empirer la souffrance, il faut le briser. J'ai besoin d'en parler avec maman avant.

Antoine, lui, n'a jamais répondu aux deux poèmes que je lui ai envoyés.

J'ai fini par expliquer à mes amies que je lui avais écrit. D'après Célia, il y a une chose sombre autour d'Antoine. Des gestes retenus, des silences. Elle m'a envoyé le lien d'un article sur la hausse des violences domestiques depuis que nous n'avons plus le droit de sortir de chez nous. Des maris battent leur femme, des parents battent leurs enfants. Enfermez les gens dans un même endroit et ils deviennent rapidement fous.

Non, ce n'est pas ça : enfermez les fous dans un même endroit et ils deviennent rapidement violents. Le confinement ne crée pas la folie, elle est là avant, elle attend un prétexte pour se déchaîner. Ce n'est pas parce que maman vivait dans un endroit isolé que son frère a abusé d'elle, c'est parce qu'il était malade.

Célia a des antennes spéciales, elle scanne les gens, devine souvent leurs vérités. Elle m'a conseillée de ne pas m'emporter contre Antoine avant de le revoir en vrai. *Peut-être qu'il n'est pas en sécurité chez lui*, elle m'a dit. *Il ne se connecte plus lors des cours en vidéo.*

La famille peut être le plus grand des bonheurs comme la pire des horreurs, j'ai pensé.

Peut-être qu'Antoine se fout de mes poèmes comme de moi. Peut-être qu'il est timide. Peut-être que je lui ai fait peur. Peut-être qu'il a d'autres choses bien plus graves à régler, enfermé chez lui avec ses parents. Je n'en sais rien. Quelque chose ne s'est pas passé et je n'en garde aucun regret. Je ne peux pas le juger. C'est tellement difficile de savoir ce que sont les êtres que l'on aime le plus, alors je m'abstiens. Quand tout sera fini, j'irai lui parler. S'il détourne le regard, rougit, s'excuse, j'improviserai. S'il se moque, je le pulvériserai.

Je ne crois pas qu'il se moquera ; en tout cas, je l'espère.

Machinalement, à l'hôpital, j'ai détaché le badge de mon sac et je l'ai offert à maman.

MON CORPS / MON CHOIX.

Elle m'a remerciée et l'a épinglé sur le revers de sa veste de pyjama. Elle a ouvert en grand ses bras et je m'y suis longtemps pelotonnée.

Qui a dit que j'étais trop grande pour faire des câlins à ma mère ?

En face de ma fenêtre, cette nuit, des gens ont collé un slogan, en grandes lettres noires imprimées sur des feuilles A4. J'ai vu ces slogans un peu partout en ville depuis des mois, je les ai vus sans les voir vraiment. Je sais que ce sont des commandos féministes qui placardent de nuit des phrases sur nos murs ; les slogans sont là pour pousser les gens à réfléchir aux violences faites aux femmes. Je m'en suis voulu de ne pas trop y avoir prêté attention jusqu'à présent. J'ai photographié la phrase : trois mots, deux espaces, douze feuilles photocopiées pour écrire une vérité d'une terrible évidence.

LE SILENCE TUE.

J'ai envoyé la photo à Fatou, Célia et Lucie en leur proposant de se joindre aux colleurs dès que nous pourrons circuler librement. Depuis, nous préparons nos slogans.

Bientôt, maman sera là.

En attendant, Nono me pulvérise au Uno.

Je continue d'écrire des sonnets. Mme Kaplan en a lu plusieurs sur des vidéos qu'elle a envoyées à toute la classe ; elle trouve très bonne mon idée d'utiliser de vieilles formes poétiques pour raconter mon quotidien.

Il y en a un qu'elle ne lira jamais.

Ce sont les méchants ogres qui dévorent les fillettes,
ou les loups, les vampires, les démons des enfers.
Les histoires et les fables décrivent ces calvaires,
on a beau les connaître, elles demeurent abstraites.

Quel enfant de nos jours a encore peur des loups ?
Ils vivent dans les livres, les films et les zoos.
Il n'y a plus de danger, pas besoin de héros ;
de ces peurs imbéciles, on se moque après-coup.

Pourtant ces contes de fées sont des métaphores :
la véritable horreur peut prendre bien des visages,
des drames monstrueux menacent les enfants sages.

Il est impossible de lutter, d'être assez fort,
quand le frère entre dans le lit de la sœur,
elle pense au loup, pour ne pas mourir de terreur.

Vous entendrez toute l'année
Sur votre tête condamnée
Les cris lamentables des loups

Baudelaire, « Sépulture », *Les Fleurs du mal*

Notes et remerciements

Le livre que Jo raconte à sa mère, cette histoire d'une femme vivant cachée depuis des années dans le placard d'un homme célibataire, se nomme *Nagasaki*, il a été écrit par Éric Faye d'après une histoire vraie.

La souris Clarisse qui transforme son lit en bateau a été empruntée à l'album *La Tempête*, de Claude Ponti et Florence Seyvos.

En 2014 j'ai publié un petit ouvrage avec l'artiste Frédéric Khodja aux Éditions du Chemin de fer, il se nomme *La Fille aux loups*. J'ai eu envie de reprendre les thèmes que j'avais abordés dans ce livre pour les déplacer et les approfondir. Ces deux ouvrages composent une sorte de diptyque. Certaines histoires ne veulent pas renoncer à être racontées.

Enfant, j'ai plusieurs fois recopié des chaînes de la chance par superstition. Après tout, c'est peut-être pour la même raison que plus tard j'ai écrit des romans : pour briser les malédictions (c'est-à-dire, littéralement : pour que les choses ne demeurent pas non et mal dites).

Et – comme toujours – ce roman est dédié à mes enfants : Zoé, Louna, Mélio.

Du même auteur à *l'école des loisirs*

Collection MÉDIUM

Plus haut que les oiseaux
Et les lumières dansaient dans le ciel
La plus grande peur de ma vie

Collection M+

Aussi loin que possible
Les étrangers
L'homme qui voulait rentrer chez lui
Dans la forêt de Hokkaido
(également disponible en livre lu)
Tenir debout dans la nuit
Teenage Riot

Collection THÉÂTRE

Cache-cache
Pebbleboy
Dino et la fin d'un monde

Cet ouvrage a été achevé d'imprimer
sur Roto-Page
par l'Imprimerie Floch à Mayenne
en mai 2021

N° d'impression : 98421
Imprimé en France